Relatos cortos de Fantasmas

Selección de Carter Scott

TÍTULO : *RELATOS CORTOS DE FANTASMAS*
SELECCIÓN DE: *CARTER SCOTT*
DISEÑO CUBIERTA: *Juan Manuel Domínguez*

Depósito Legal: M-2.742-1997
I.S.B.N.: 84-495-0336-1

Impreso en: IBÉRICA GRAFIC, S. A.

IMPRESO EN ESPAÑA - PRINTED IN SPAIN

INTRODUCCIÓN

Los cuentos de fantasmas y de diablos forman parte de las tradiciones de todas las culturas del mundo. Puede decirse que en el momento que los seres humanos tuvieron conciencia de la noche y de la muerte, en seguida las relacionaron para dar forma a los espíritus que se movían, amenazantes, en las sombras siempre acechando a los más inocentes, o introduciéndose en las cabañas, en las casas o en los palacios para sembrar el terror.

En los siglos pasados, no había castillo al que le faltase su fantasma, casi siempre perteneciente a un ajusticiado o a un "alma en pena" condenada a vagar por las noches eternamente, para inquietar el sueño de los vivos. La literatura ha dejado millares de testimonios, la mayoría de las veces recogidos del folklore popular... ¡Maravillosos tiempos aquellos en que los ancianos contaban a la familia, al calor de la lumbre, esas antiguas historias de fantasmas y diablos!

A pesar de que todos se estremecían, sabiendo que esa noche no iban a poder dormir bien, mucho menos atreverse a caminar por las zonas más sombrías, no dejaban de pedir que les contasen nuevos relatos o les repitieran los que consideraban más emocionantes.

Pero, ¿qué podíamos escribir sobre el diablo?

El enemigo más astuto y traicionero, capaz de adquirir cualquier forma para atraerse las almas de sus víctimas. Mejor si éstas le han sido ofrecidas, porque en un arrebato de locura al ver próxima la muerte suplicaron unos años más vida a cambio de ese alma invisible, como si en el fondo pensaran que el diablo iba a olvidarse del contrato pactado. ¿Esto sería posible? Tenemos la respuesta en el impresionante cuento "Las aventuras de Thibaud de la Jacquière" de Charles Noider

Por otra parte, los fantasmas son la máxima representación de la venganza, como nos demuestra Manuel Yáñez en su extraordinario relato "68 veces cobarde", cuyo desenlace ha de dejar al lector con la boca abierta.

La selección que hemos realizado de los cuentos no respeta la cronología, de acuerdo con el nacimiento de los autores, pues pretendemos formar una especie de calidoscopio, en el que se combinen los estilos narrativos de una forma indescriminada. Siempre teniendo en cuenta que pueden ser leídos caprichosamente, sin seguir un orden establecido. Esto no quita para que todos nos parezcan soberbios, dignos de ser recordados como pequeñas obras maestras.

Ahora sólo nos queda pedir a todos los que amáis el terror, que proviene de los fantasmas o del diablo, que nunca dejéis de gozar, temblando, de este placer... ¡Ni siquiera cuando os convirtáis, como nosotros, en unos espectros!

LA SOMBRA DE LA GUILLOTINA

Washington Irving

Washington Irving nació en Nueva York en 1783. Luego de ser abogado, hombre de negocios y soldado, se dedicó a viajar. Algo que terminó por apasionarle, para bien de la Literatura en general, debido a que esto le permitió narrar mucho de lo que veía con un estilo romántico, no exento de realismo. Curiosamente, su primer éxito le llegó al publicar *History of New York,* en la que ofreció una brillante sátira de la ciudad que ya era una de las más importantes de su país. Claro que en esta ocasión ocultó su verdadero nombre bajo el seudónimo de Diedrich Knickerbocker.

En 1820, cuando se dedicó a escribir relatos y recopilaciones de leyendas alemanas, dio conocer su mejor obra: *Rip ven Winkle*. Gracias a otras creaciones, mereció el honor de ser considerado el mejor escritor norteamericano de su tiempo. De sus viajes por España pudo dar forma a *Cuentos de la Alhambra*, en cuyas páginas probó lo bien que había sabido captar la tradición árabe.

De la mucha producción de relatos de Irving, todos ellos extraordinarios, hemos seleccionado *Historia de un estudiante alemán*, cuyo título nos hemos atrevido a cambiar, al considerar que se adaptaba mejor a las intenciones de nuestra obra. Finalmente, señalaremos que esta magnífico creador falleció en 1859.

Cuando la claridad del día siguió su camino hacia el oeste, dejando al Sol oculto tras oscuros nubarrones, París se sumió en una negra y fría noche de invierno. La lluvia comenzó a caer, como si hubiera estado aguardando la llegada de las tinieblas. Un viento helado, salido tal vez de las entrañas del Polo, ayudó a barrer de almas y cuerpos las calles de la ciudad. Al filo de la medianoche, una sombra se dirigió, calado el hongo hasta las orejas y envuelta en fusca y amplia capa, a la única casa que aún mantenía una tenue luz encendida en la sórdida calle.

El solitario viandante empujó la chirrante puerta de madera que tenía ante sí y penetró en el local. Se trataba de una mugrienta taberna de ennegrecidas e inexpresivas paredes, cuyo único y discordante adorno eran unas raídas y no menos mugrosas escarapelas tricolores de la todavía incipiente Revolución. El recién llegado denotaba un cierto aire de distinción, era alto y flaco, y su mirada parecía la de alguien que ha contemplado los mayores horrores del mundo, pues sus ojos aparecían negros y penetrantes. Atravesó la solitaria estancia, muy decidido y, dirigiéndose al bodeguero, pidió un doble de coñac.

Su momentáneo interlocutor cumplió el encargo. Pero éste, un personaje grueso, bajo, de nariz colorada, mirada bonachona y delantal sucio trató de mantener una conversación, pues seguramente estaba atendiendo al último cliente de la noche:

-Mala hora para andar por estas calles. A no ser que vengáis de algún sitio cercano. Supongo que os habréis puesto perdido de agua.

El desconocido, tras beber un largo trago de licor, contestó:

-Vuelvo del edificio solitario que se encuentra al final de esta calle.

El otro le contempló asombrado.

-Pero, eso es...

-Sí, ¡el manicomio! -añadió el cliente, sonriendo al comprobar el efecto que causaban sus palabras-. No tema. Estoy todavía muy lejos de que se me pueda considerar un huésped de ese lugar. Simplemente, soy un visitante.

Más tranquilo, el tabernero siguió hablando:

-Entonces, señor, a no ser que tengáis un familiar recluido, no veo que os ha llevado a ir allí una noche tan desapacible como ésta.

-¿Qué puede usted saber, amigo mío, de los ocultos motivos que conducen a los hombres a la casa de los locos? Aunque tal vez, si le cuento el horror que he padecido esta tarde en una de sus gavias, es posible que llegue a comprender las razones que tanto le extrañan. Soy médico. De esos que remueven el interior de los cadáveres intentando descubrir de qué modo suplantaron el papel de un vivo. Esta mañana ha fallecido un paciente, un joven. Mientras examinaba sus visceras, me han contado su historia.

* * *

Se trataba de un estudiante, creo que alemán o austríaco, llamado Gottfried Wolfgang, que llevaba cierto tiempo residiendo en París. Según he sabido, al mismo tiempo que cursaba sus estudios en una universidad germana, la de Notinga, inició el aprendizaje y la práctica de ciertas ciencias esotéricas. Al principio todo parecía indicar que se trataba de una mera distracción. Pero, muy pronto, su carácter impresionable venció a su sentido común y empezó a ver visiones. Creía que se hallaba rodeado de espíritus malignos que pretendían apoderarse de su alma para conducirle con ellos a las cámaras de tortura de sus infernales moradas. Como fruto de sus inquietantes alucinaciones, su salud comenzó a decaer peligrosamente. Sin embargo, lejos de rehuir el contacto con tan peligrosas enseñanzas, siguió tratando de ampliar el campo de sus conocimientos. Durante el día, se encerraba en extrañas y ponzoñosas bibliotecas, consultando viejos libros de brujería, y por la noche, aterrorizado, se recluía en su habitación.

Cuando sus padres descubrieron el progresivo desvarío que amenazaba al joven, decidieron enviarle a una ciudad donde reinase la alegría y la diversión. De esta manera, fechas después,

Gottfried llegó a París. Pero su presencia coincidió con los albores de la Revolución. El delirio popular sedujo enseguida su espíritu emotivo, y las teorías políticas y filosóficas de la época le entusiasmaron.

Sin embargo, las sangrientas escenas que se desarrollaron a continuación hirieron su sensibilidad, le desilusionaron de la sociedad y del mundo, y le animaron, más que nunca, a hacer una vida de recluso. Se retiró a una habitación solitaria del Barrio Latino, paraíso de los estudiantes. Y allí, en una calle sombría, cerca de los austeros muros de la Sorbona, continuó sus especulaciones favoritas. Pasaba jornadas enteras en las grandes bibliotecas parisinas, esos panteones de autores difuntos, hojeando los viejos mamotretos polvorientos, a fin de satisfacer su morboso apetito. Era como una especie de vampiro literario, que se alimentaba de textos muertos.

A pesar de la soledad y la reclusión, Wolfgang mantenía un ardiente temperamento, cuyo fuego estuvo atizando durante mucho tiempo con la imaginación. Era demasiado tímido e ignorante de las cosas de este mundo para tener éxito entre las mujeres. Pero sentía una gran admiración por la belleza femenina y, muy a menudo, pensaba en las figuras y rostros que había visto en la calle, y su imaginación los revestía de perfecciones y encantos que sobrepasaban a la realidad.

Cuando su espíritu se exaltaba de tal suerte, le dominaba una visión que le producía unos efectos extraordinarios. Se le aparecía un rostro femenino de belleza trascendental, y la impresión que le desencadenaba era tan honda que a duras penas podía rehacerse. Aquel rostro llenaba sus pensamientos de día y sus sueños durante la noche. Y llegó a enamorarse perdidamente de aquella mujer soñada. Su pasión se convirtió en una de esas ideas fijas, que se adueñan de los espíritus melancólicos y que, a veces, se toman por locura.

Así era Gottfried Wolfgang y ese su estado de ánimo en el momento que empieza la historia que me contaron. Regresaba a su casa, en una noche borrascosa, por las sombrías y viejas calles de La Marais, el más antiguo barrio de París. El sordo rugido del trueno hacía temblar las casas y las estrechas callejas. Llegó a la plaza de Gréve, donde se llevaban a cabo las ejecuciones públicas. Los rayos centelleaban sobre las altas torres del viejo Ayuntamiento y su fulgor iluminaba la plaza. Al encontrarse tan cerca de la guillotina retrocedió horrorizado. El terror estaba en todo su apogeo y el terrible instrumento de muerte, siempre a punto, relucía con la sangre de los justos y los valientes. Aquel mismo día, el siniestro aparato había trabajado activamente segando cabezas, y allí estaba, en el corazón de la ciudad silenciosa y dormida, esperando nuevas víctimas.

Wolfgang sintió que el corazón se le oprimía y decidió alejarse. Pero, en aquel momento, vio una figura encogida al pie de los escalones que daban acceso al tablado. Unos cuantos relámpagos seguidos le permitieron observarla mejor: era una simple silueta femenina, vestida de negro, sentada en el último de los escalones. Tenía el busto inclinado hacia adelante y la cara escondida entre las rodillas; sus largas trenzas, oscuras y despeinadas, llegaban al suelo, mojadas por la lluvia que caía a torrentes. Wolfgang permaneció inmóvil. Había algo terriblemente patético en aquella solitaria imagen de la angustia. La dama daba la sensación de pertenecer a la alta sociedad. En aquellos tiempos difíciles más de una bella cabeza acostumbrada a la blandura del plumón, no tenía donde apoyarse. Sin duda, debía tratarse de una viuda, a la cual la siniestra cuchilla acababa de dejar sola, con el corazón destrozado y que permanecía allí, en el lugar donde le habían arrebatado aquello que le era más querido.

Gottfried se acercó y le dirigió la palabra en un tono que revelaba una profunda simpatía. Ella levantó la cabeza y le miró con gesto extraviado.

¡Cuál no sería el asombro de Wolfgang al contemplar, bajo la luz de los relámpagos, el rostro que llenaba sus sueños: lívido y desesperado y, sin embargo, de una belleza arrebatadora!

Agitado por sentimientos violentos y contradictorios, le dirigió la palabra de nuevo, temblando. Se extrañó de verla sola, en una hora tan avanzada de la noche, bajo la furiosa tormenta, y se ofreció a conducirla a casa de algún amigo. Ella señaló la guillotina con un gesto muy expresivo.

-Ya no me quedan amigos en este mundo -dijo, sin ninguna esperanza.

-¿Y no tiene usted dónde ir?

-Sí... ¡Mi tumba!

Al escucharla, el corazón del estudiante alemán se estremeció de emoción.

-Si un extraño pudiese hacerle un ofrecimiento -propuso Wolfgang, sin quererse rendir-, no corriendo el riesgo de ser mal comprendido, yo me permitiría brindarle mi humilde morada por alojamiento, y a mí mismo como su más devoto amigo. Yo tampoco tengo a nadie, soy un extraño en este país. Pero si mi vida puede servirle de algo, está a su servicio y la sacrificaré gustoso para evitarle daño u ofensa.

Los modales graves y fervientes del joven produjeron su efecto. Incluso su acento extranjero, que demostraba que no tenía nada en común con la chusma parisina, habló en su favor. Además, el verdadero entusiasmo posee una elocuencia incuestionable. La angustia de la señora cedió un tanto bajo la protección del estudiante.

Le ayudó a cruzar el puente Nuevo y la plaza en la que la estatua de Enrique IV yacía tirada en el suelo derribada por el populacho. La tormenta se había calmado, aunque todavía sonaba el rugido de los truenos en la lejanía. París parecía reposar. Aquel gran volcán de las pasiones humanas dormía durante un rato para recuperar las fuerzas necesarias que alimentarían la erupción del día siguiente. El estudiante condujo a su protegida a través de las viejas calles del Barrio Latino, rodeó los muros de la Sorbona y llegó al miserable hostal donde tenía su habitación. El portero que le abrió manifestó su sorpresa al ver al melancólico Wolfgang en compañía de una mujer.

Al entrar en su morada, el joven alemán se avergonzó de la pobreza y el desorden de su hospedaje. No tenía más que una habitación: una sala de viejo estilo, adornada con pesadas esculturas y extravagantemente amueblada con restos marchitos de un antiguo esplendor. Se trataba, en efecto, de uno de esos hoteles cercanos al Luxemburgo, que antaño habían pertenecido a la nobleza. La habitación estaba llena de libros, papeles y todas esas cosas propias de un estudiante. La cama se hallaba situada en un rincón, en una especie de alcoba.

Cuando hubo encendido una bujía y pudo contemplar la belleza de la desconocida, se sintió más emocionado que nunca. Su rostro era pálido, pero de una blancura radiante, realzada por la aureola de una espesa cabellera negra; sus enormes ojos brillaban con una expresión un tanto esquiva; sus formas, bajo el traje oscuro, eran de una armonía perfecta. De toda su persona emanaba un aire de nobleza, a pesar de la sencillez de su atavío. Lo único que tenía cierta coquetería en toda su ropa era un pañuelo de negro terciopelo que llevaba en el cuello prendido con un alfiler de brillantes.

El estudiante se sentía un poco embarazado al pensar en la mejor manera de acomodar de una forma conveniente al pobre ser abandonado que había tomado bajo su protección. Pensaba en cederle su habitación y buscar otra para él. Sin embargo, se notaba tan fascinado, su espíritu y sus sentidos se hallaban tan atraídos, que no podía apartarse de su presencia. También la actitud de ella era rara y sorprendente. Ya no pensaba en la guillotina y hasta su dolor parecía calmado. Las atenciones de Wolfgang que, al principio ganaron su confianza, ahora habían conquistado además su corazón. Evidentemente, ella era también muy apasionada, y los seres apasionados se compenetran muy pronto.

Bajo la embriaguez del momento, el estudiante le declaró su amor; le contó la historia de su sueño misterioso, de cómo ella se había adueñado de su corazón mucho antes de conocerla. La dama admitió que se sentía también atraída hacia él por una fuerza inexplicable. La época predisponía a todos los atrevimientos, tanto en las ideas como en las acciones; los prejuicios y viejas supersticiones habían sido barridos. Ahora todo sucedía bajo los auspicios de la "Diosa Razón".

Incluso los espíritus más honorables consideraban el matrimonio como una fórmula en desuso, otra más en el fárrago de contrasentidos del Antiguo Régimen. Se habían puesto de moda los contratos sociales, y Wolfgang era demasiado teórico para no dejarse influir por las doctrinas liberales de la época.

-¿Por qué separarnos? -preguntó-. Nuestros corazones desean estar juntos, a los ojos de la razón y del honor ya estamos unidos. ¿Qué necesidad tienen las almas nobles de fórmulas vulgares?

La dama escuchaba con emoción. Evidentemente compartía las mismas ideas.

-Tú no tienes ni casa ni familia -añadió Wolfgang-. Déjame ser todo eso para ti; o mejor, seámoslo el uno para el otro. Y si la fórmula es necesaria, observémosla. He aquí mi mano. Me uno a ti para siempre.

-¿Para siempre? -inquirió gravemente la desconocida.

-¡Para siempre! -respondió él.

La dama tomó la mano que le tendía.

-Entonces soy tuya -murmuró, y se echó en brazos del joven estudiante.

Se entregaron al contrato de los besos, al reconocimiento de que realmente eran el uno del otro. Lentamente se sumieron en una delirante felicidad, que se prolongó durante todo el resto de la noche. A la mañana siguiente, Gottfried salió muy temprano para buscar alojamiento. Necesitaba algo más espacioso y conforme a su nuevo estado. Su esposa continuaba durmiendo y no quiso despertarla. Cuando volvió, la encontró tendida en el lecho con la cabeza echada hacia atrás, bajo el brazo. Le habló, pero no recibió contestación. Se acercó para despertarla y cambiarla de aquella incómoda postura, y la tomó de la mano. Pero ésta se hallaba fría e inerte. Su rostro era una máscara lívida y dura. En una frase escueta: estaba ante un cadáver.

Sobrecogido de espanto, dio la alarma en toda la casa. A continuación se desarrolló una escena de confusión y horror. Acudió la policía y cuando el oficial penetró en la estancia y vio el cadáver, se echó a temblar.

-¡Dioses inmortales! -exclamó-. ¿Cómo ha podido llegar esta mujer hasta aquí?

-¿Luego la conoce? -preguntó Wolfgang, precipitadamente.

-¡Qué si la conozco! -repitió el oficial-. La guillotinaron ayer.

Se acercó; deshizo el nudo del negro pañuelo que llevaba al cuello el cadáver, y la cabeza de éste rodó hasta el suelo.

El estudiante empezó a gemir en un acceso de delirio:

-¡El demonio! ¡Es el demonio que se ha apoderado de mí...! ¡Estoy condenado para siempre...!

Desde aquel instante, Wolfgang perdió totalmente la razón. Sus visiones se repitieron con mayor frecuencia y tuvo que ser internado en el manicomio. Y hoy mismo, presa de una extraña agitación, ha muerto en su celda. Tras finalizar mi examen, yo mismo he firmado el certificado de defunción, y he escrito a sus padres comunicándoles la triste nueva.

* * *

Nada más que el médico terminó de hablar, el bodeguero le miró en silencio durante unos instantes. Luego, tras servirle mas licor y escanciar él mismo una copa, afirmó:

-Para mí está muy claro, señor. Se ve que el estudiante alemán era un tímido que no se atrevía a acercarse a las mujeres. Su locura hizo el resto. Una noche, desesperado, robó el cadáver de una mujer del cementerio y lo llevó a su casa. A la mañana siguiente, cuando se le pasó el furor, se dio perfecta cuenta de lo que había hecho y se volvió más loco de lo que estaba. Hoy sus remordimiento habrán sido más fuertes y su corazón no lo ha podido resistir.

El médico le miró seriamente.

-En efecto, eso es lo que pensábamos todos los que estábamos en el manicomio, hasta que abrimos la mano cerrada del cadáver y cayó al suelo este objeto -dijo, sacando de uno de sus bolsillos una cinta de terciopelo negro, cuyo broche era un bonito alfiler de diamantes.

AL BORDE DEL INFIERNO

Edgar Allan Poe

Edgar Allan Poe nació en la ciudad de Bostón en 1809. Inquieto estudiante, pasó por varias instituciones civiles y religiosas de su país y de Gran Bretaña, donde adquirió una gran cultura. Apasionado por la vida, no le importó entregarse a grandes excesos, que le llevaron a romper con su familia. Sus inicios literarios fueron en la prensa y escribiendo poemas. Luego de una existencia azarosa, se entregó a la bebida y a las drogas. En los momentos de lucidez comenzó a escribir alguna de sus mejores obras. En 1838, publicó las *Aventuras de Arturo Gordon Pym* y siete años más tarde la poesía lírica *El cuervo*, con la obtuvo un éxito clamoroso. Seguidamente, la bebida y los fracasos sentimentales le hundieron en la miseria, lo que no le impidió escribir nuevas grandes obras.

Puede afirmarse que fueron los jóvenes literatos franceses los que descubrieron a Poe, al que levantaron un pedestal; mientras tanto, en Estados Unidos e Inglaterra se le consideraba un escritor vulgar. El paso del tiempo haría justicia a este genio, padre del Terror literario, lo mismo que de la novela policiaca actual. Un ser privilegiado que supo plasmar la sicología del criminal, a veces recorriendo a la inversa el deambular de una mente homicida, mucho antes de que Freud y sus seguidores realizaran los grandes descubrimientos sobre el comportamiento humano. Un ejemplo de todo esto lo encontramos, mejor que en ningún otro relato, en *El corazón delator*. Poe murió en Baltimore en 1849.

El relato que presentamos es netamente de Poe; sin embargo, supone una adaptación de dos obras suyas, *Berenice* y *Morella,* que Manuel Yáñez ha subido ensamblar de una forma soberbia, imitando el tono literario del genial maestro.

A Arthur S. Norden el paisaje que se deslizaba ante sus ojos, enmarcándose en la ventanilla del carruaje, le pareció el más optimista que había contemplado a lo largo de su vida. Los últimos cinco años los acababa de pasar encerrado, y sus emociones se hallaban bajo un compás de espera. No contaría más de cuarenta años, había sido atractivo, vestía levita oscura, su cabello espeso se hallaba prematuramente encanecido y sus pupilas mostraban el plomo del intelectual que teme sus pasadas audacias mentales.

Su boca cerrada, en la que unos labios delgados revelaban la poca afición a las palabras, acusó un ligero temblor, debido a que el trote rítmico que el cochero estaba imponiendo a los dos caballos que tiraban de la berlina tendía a confabularse con la serena caída de la tarde, provocando que vibrasen de nuevo esas cuerdas que aún mantenían con vida sus recuerdos.

Durante unos segundos temió verla otra vez delante, amenazadora; pero la semipenumbra interna no fue quebrada por ninguna aparición fantasmal. Luego, siguiendo una inercia provocada por una somnolencia tenaz, incurable, en su cerebro fueron apareciendo las trágicas escenas de una etapa de su existencia, para siempre cercana aunque la podía situar a unos veinticuatro años de distancia. La imposibilidad del olvido las traía a un nivel de presente, antes opresor y, en el aquel preciso instante, convertido en una herida abierta a cuyo dolor se había acostumbrado.

Se dijo que había vivido dos veces: la primera, oscurecida y casi borrada de sus pensamientos, se refería a un joven estudiante permanentemente dispuesto a lo desconocido, y que terminó dejándose seducir por una mujer que vivía inmersa en el misticismo de los teólogos prohibidos, cuyos libros planteaban la supervivencia o la desintegración del yo y la individualidad humana a la hora de la muerte; y la segunda, tan sentida como el súbito deslumbramiento de un rayo que denuncia la más terrible de las amenazas sobrenaturales, se veía enlazada con la enfermedad de su esposa, en una larga agonía compartida cuando ella estaba embarazada, con su defunción y entierro después de dar a luz una niña, con los veinte años junto a una criatura que terminaría siendo igual que su madre, con el escalofriante descubrimiento de un ataúd vacío y, por último, con los cinco años de su internamiento en el manicomio

Dando marcha en el tiempo, Arthur recordó que también iba en una berlina cuando hizo su entrada en el inmenso jardín del sanatorio mental. El día estaba nublado y la lluvia empapaba el césped, los parterres, los árboles y los escalones de la gran escalera que facilitaba el acceso al edificio principal. Sin embargo, no se encontraba solo, porque en aquella ocasión le acompañaba Morella, su difunta esposa, repitiendo maliciosamente esa frase que a él le había vuelto loco:

"Me muero, y sin embargo viviré."

En base a esta amenaza, el retorno de Arthur a la vida real, después de adquirir la certeza de que todos sus terrores supersticiosos habían sido fruto de una mente superexcitada, se hallaba sobrecargado de la necesidad de resarcirse de todo lo perdido.

Este propósito se diría que era algo más que una ilusión, ya que su mente volvió a zambullirse en el pasado...

Se vio entrando totalmente destruido en el manicomio. Varios días le mantuvieron encerrado en una habitación-celda, suministrándole sueros y narcóticos, hasta que creyeron oportuno llevarle ante el director. Ninguna de las preguntas que éste le hizo obtuvo una respuesta coherente, porque Arthur sólo repetía:

-¡Morella no estaba en el ataúd... Porque Morella se reencarnó nada más morir, para vengarse de mí a medida que crecía nuestra hija...! ¡Nuestra hija era Morella!

Sus exclamaciones resultaron tan incongruentes, tan absurdas, que el primer interrogatorio fue muy breve. Durante el transcurso de los siguientes meses, se vio sometido a un verdadero enclaustramiento en un cuarto de reducidas dimensiones, gélido, húmedo y oscuro y que había sido provisto de un camastro, una silla y una mesa desvencijada como únicos muebles.

¡Qué cuatro larguísimos años permaneció en este amargo encierro!

Sus cabellos se fueron encaneciendo, sus ojos casi se secaron de tanto esperar, temiendo la aparición de su esposa. Y cada vez que el fantasma brotaba, en cualquier lugar, él terminaba cayendo en una especie de trance epiléptico, que le forzaba a intentar romperlo todo, ¡hasta su miserable existencia!

Si aún conservaba la vida debía agradecérselo a las camisas de fuerza, a las duchas de agua fría y a los hipnóticos que le suministraban por vía oral o intravenosa.

Porque durante todo el tiempo que estuvo encerrado no dejó de verse atormentado por Morella:

-¡Nunca me has amado, reconócelo! -insistió el fantasma, escrutándole con los enormes carbunclos que eran sus ojos. ¡Te casaste conmigo bajo la voluble fascinación que te ha hecho saltar de un capricho a otro! ¡Con qué facilidad te cansabas de todo...! Así llegaste a aborrecerme, a desear mi muerte mientras me veías languidecer, extinguirme.. ¡En las mismas puertas de la muerte, que yo no temía, supe lo mucho que te había querido... y lo injustamente que tú me habías tratado! ¿Recuerdas mis palabras?

-¡No, no... no quiero oírlas...! Vete, bruja... ¡Márchate con los nigromantes que se apoderaron de tu espíritu endemoniándolo!

-¡Tu cólera y tu desesperación únicamente suponen un pequeño tributo frente al desengaño que me provocó la certeza de que tú me habías utilizado como otra de tus "cobayas intelectuales"...! ¿Cuántas veces te arrepentiste de haberte unido a mí, sin que ello te impidiese alimentar una pasión natural y espontánea, la que sentía yo hacia ti, con unos besos fingidos y con una sexualidad artificial? ¿Cómo pude tardar tanto tiempo en descubrir tu farsa?

-¡Calla... Me niego a seguir escuchándote! ¡Ya estás muerta por segunda vez! ¡Nuestra... Tu hija, que eras tú misma, maldita Morella, ocupó el ataúd vacío!

-Si lo dejé vacío una vez... ¿por qué no he de poder seguir ocupándolo siempre que se me antoje, estúpido racionalista?

Todas las batallas entre Arthur, el ser vivo, y Morella, el fantasma, acostumbraban a ser como ésta. Y el desenlace estallaba con el arrebato demencial del primero, que sólo podía ser aplacado con morfina, opio y otras drogas alucinógenas.

A los cuatro años de internamiento, después de un periodo de calma, Arthur fue conducido al despacho del director del manicomio. Se encontró frente a un caballero de unos cincuenta años, de aire escéptico, que llevaba anteojos y exhibía unas manos escrupulosamente limpias.

-Me congratulan sus progresos, amigo mío. ¿Le gustaría seguir avanzando por ese sendero que le conduciría a la total recuperación?

Arthur levantó la cabeza sin expresión alguna. Se hallaba sentado en un sillón de madera noble, tapizado con un cuero rojizo, y la falta de costumbre le obligó a tartamudear antes de formular las primeras palabras:

-¿Es... es posible lo que... que usted... me dice?

-En efecto, mister Norden. Todo es cuestión de que usted siga mis instrucciones al pie de la letra... ¿Quiere tomar una taza de té antes de que le exponga el nuevo tratamiento?

El mismo director se encargó de esta pequeña tarea social, que reunía un poder terapéutico al suponer un trato entre iguales -dos amigos preocupados por la resolución de un problema común-, cuando en los últimos cuatro años el paciente había sido considerado mentalmente como un prisionero.

-Me lo envían directamente de la India, donde tengo unos familiares en la embajada de Nueva Delhi... Me aficioné a esta infusión cuando estuve en Inglaterra buscando poder ampliar mis conocimientos sobre la mente humana.

-Para mi familia siempre ha sido una bebida corriente.

-Es lógico, porque usted proviene de Bostón... Déme la taza, por favor. Yo la colocaré en la bandeja., ¿No le parece que el té posee un aroma especial y un sabor exquisito?

-Sí, me ha gustado.

-De acuerdo, amigo mío. Ahora vamos a centrarnos en el nuevo tratamiento que nos permitirá obtener su total curación.

-¿Cree usted, director, que ya no volveré a ser torturado... por mi esposa?

-Permítame que me reserve la respuesta. Voy a limitarme a ofrecerle la seguridad de que seguiremos avanzando de una forma positiva. Y ahora, sin más preámbulos, he de anticiparle que el tratamiento ya ha sido experimentado, con resultados óptimos, en otros establecimientos de las mismas características que éste... Me refiero a que dos pacientes, que han venido siendo aquejados por idéntica dolencia, compartan la habitación durante una temporada. Por lo general, entre ellos se produce un primer contacto de curiosidad y, luego, surge la comunicación verbal y afectiva, en la que la similitud de los problemas origina unos estímulos muy ventajosos... Dado que en nuestra casa tenemos a un caballero que ha venido sufriendo unas alucinaciones similares a las suyas, he decidido que los dos ocupen la misma estancia. ¿Qué le parece nuestra idea, mister Norden?

-¿Ese caballero... se ha visto atacado por un... fantasma igual... al mío, igual a Morella?

-En efecto. Esas coincidencias suelen darse, aunque nos parezca que las dolencias mentales presentan una forma individualizada.

Repentinamente, una sospecha alimentada por el terror aún no superado, llevó a Arthur a formular esta pregunta:

-¿Y no me quedaré yo... con el fantasma de ese caballero y... con el de Morella?

El doctor esbozó una sonrisa paternal, se sirvió otra taza de té, sorbió una pequeña cantidad después de una ceremonia en la que jugó con la paciencia de su interlocutor, y contestó:

-No tema. Todas las posibilidades en contra han sido sopesadas, y no nos ofrece ningún temor. Precisamente el éxito de la terapia se basa en que ustedes se familiaricen con las alucinaciones del otro. En el momento que las consideren tan similares para entremezclarlas, habrán llegado a ese punto crítico en el que notarán cómo los "fantasmas" se debilitan, las amenazas pierden consistencia y sus propios razonamientos encontrarán la puerta por la cual lograrán que escapen todas las proyecciones mentales que han venido atormentándoles... En su caso, mister Norden, nada más que desaparezca de su cerebro la imagen de Morella, podrá olvidar en el acto la segunda visión, ya que sólo lo considerará algo creado voluntariamente, con el fin de realizar el experimento clínico, y por sugestión, que es realmente lo que en la actualidad sucede.

La seguridad del director era tan sólida, que Arthur se dejó contagiar por la misma. Ya no fue necesario que los enfermeros le sujetasen para llevarle a su habitación-celda. Y al cerrarse la puerta detrás de él, solo, se tendió en la cama, algo relajado y mirando al techo.

De pronto, brotando del rincón más opuesto de la parte frontal de su cuerpo, reventó una carcajada posesiva y desgarradora. Se dio la vuelta en un escorzo violento, y allí, ante él, encontró la figura de Morella.

-¡Jamás te librarás de mí! ¡Te anuncié que tus días, a partir de mi muerte, serían de dolor! ¡Las horas de tu dicha se consumieron entonces! ¡Pero sigues jugando con el tiempo, creyendo que lo tendrás a tu favor si te proporcionan la ayuda necesaria! ¡Me llevarás como tu sudario mientras quede aliento vital en tu cuerpo!

Con la última amenaza se desvaneció en las sombras, dejando tras de sí una tromba de escalofríos y desesperaciones. De esta manera para Arthur se quebraron las esperanzas que acababa de hacerle conferir el director del manicomio.

Pasados unos minutos, ella regresó a ratificar su poderío: se recortó en la pared por medio de un resplandor fosforescente.

Arthur cerró los párpados en un arrebato instintivo de supervivencia, y llevó su cabeza hacia otro lado. Sin embargo, un extraño escozor en los ojos y una enorme presión sobre su cuello le obligaron a mirarla: ¡era imposible resistirse!

-¡Aléjate de mí, maldita! -vociferó, rabiosamente, inundado de sudor y apretando sus dedos agarrotados en los bordes de la cama-. ¡Regresa a tu tumba, donde yo te deposité por segunda vez! ¡Estás muerta... Eres una proyección de mi mente... y te podré vencer si me lo propongo...!

Se repitieron las carcajadas burlonas, humillantes, que retumbaron en todos los ladrillos y baldosas, formando espirales de un sonido demoniaco que, durante unos segundos, pareció que nunca iba a desaparecer.

-¡Tardaste diez años en dar nombre a nuestra hija! ¿Por qué? ¡Estabas librando una batalla contra tu propia impotencia! ¿Quién te obligó a que la llamases Morella? ¡Contestame si te atreves! ¡Contéstate a ti mismo, gusano!

Arthur ya no pudo aguantar ni un momento más aquel ataque despiadado. Se arrodilló en el suelo, destrozado, y empezó a suplicar:

-¡Por favor, márchate! Reconozco mi error al casarme contigo sin amor, y el desear tácitamente tu muerte. ¡Perdóname...! ¿Es que no te parece suficiente verme en este lamentable estado?

Las lágrimas del vencido se habían confundido con sus exclamaciones. Y cuando se quedó en silencio, comprobó que no parecía haber respuesta por parte de su enemiga. Mantuvo la cabeza agachada, sin incorporarse, y esperó el desenlace. Más tarde, buscó la imagen de Morella. La encontró en la pared, seria y pensativa... ¿Acaso la había convencido?

Todavía permanecieron unos segundos mirándose fijamente. De pronto, el rostro del espectro cambió de expresión y, nuevamente, compuso una terrible mueca irónica; al mismo tiempo, gritó:

-¡Cobarde! ¿Acaso creías que podías librarte de mí? Eres el más sibilino de los hombres... Un egoísta monstruoso que siempre ha pensado en su propio beneficio, sin importarle el daño que podía causar. Reconozco que todavía no has perdido tu habilidad, por lo que, durante unos instantes, casi has estado a punto de convencerme... ¡Pero tu representación no te ha servido de nada! ¡Y como te prometí en el lecho de muerte, al que me llevaste con tu desprecio y no queriendo mi salvación, me tendrás a tu lado... hasta que se consume tu total aniquilación!

Al escuchar estas terribles amenazas, la desesperación de Arthur llegó a tal punto, que comenzó a arrojar contra la alucinación todos los objetos que se hallaban a su alcance. Cuando ya no encontró ninguna otra arma para su arrebato demencial, se lanzó contra la pared, de la que ya había desaparecido la imagen de Morella, y golpeó sus puños contra los ladrillos, en un vano deseo de alcanzarla.

Organizó tan tremendo escándalo, al destrozarlo todo, que se hizo necesario que entraran dos enfermeros. Y tras muchos esfuerzos, lograron reducirle hasta colocarle la camisa de fuerza. Luego, le dejaron en el suelo, debido a que el camastro había quedado completamente deshecho de resultas del ataque furibundo que había desencadenado contra la culpable de sus desvaríos.

-¡No quiero verla! ¡Sé que continúa ahí... riéndose de mí...! ¡Atacadla a ella... Fuera... Libradme de su amenaza... o permitidme que me quite la vida...!

El hecho de que su voz siguiera evidenciando la explosión de locura, llevó a la pareja de vigilantes a amordazarle. Seguidamente, le inyectaron un calmante y le dejaron dormir unas horas.

A la mañana siguiente, en cuanto entraron con el desayuno, le encontraron en el suelo, pensativo y en calma. Pero no le liberaron de la camisa de fuerza, aunque sí le dejaron la boca sin tapaduras para poder alimentarle. Como esto pudieron realizarlo sin enfrentarse a ningún tipo de arrebato, se marcharon en busca del director.

-Sé que puede escucharme con toda su lucidez mental, mister Norden -dijo el responsable de la curación de aquel paciente que ofrecía el aspecto de un ser destruido-. Contésteme si mis palabras le llegan desde la lejanía o si se nota ajeno a mi presencia.

Arhur le miró con ojos acuosos, la boca torcida, despeinado y tan pálido como un cadáver. Pero terminó respondiendo en un susurro:

-Le oigo con toda claridad... Estoy muy cansado... Me duelen todos los huesos...

-Es lógico en una persona que acaba de sufrir un ataque de cólera. Quizá no sea el último. Amigo mío, con su decisión de combatir a Morella, se ha enfrentado a dos fuerzas antagónicas: la primera, se refiere a la esclavitud que le ha mantenido encadenado a las alucinaciones en las que aparece su esposa; y la segunda, afecta a la esperanza de que su mente había empezado a alimentar respecto a la recuperación de su equilibrio psíquico. ¿Alguna vez han dejado de cumplirse las promesas que yo le he venido haciendo?

-Nunca... Confío en usted, director... ¡Ayúdeme!

-Eso es lo que he pretendido desde que usted ingresó en este establecimiento. Tranquilícese. A medida que vaya progresando nuestro experimento, esas fuerzas de que le he hablado irán creciendo, y llegarán a oponerle una mayor resistencia que esta última noche... ¿Se encuentra dispuesto a conocer al caballero del que le hablé?

- ¿Se refiere al que sufre alucinaciones similares a las mías?

-En efecto. Ya ve cómo su cerebro funciona perfectamente. -El director hizo una seña a los enfermeros, con el fin de que quitasen al paciente la camisa de fuerza; luego, prosiguió-: Ahora vaya a arreglarse, para que esté presentable en el momento que se encuentre con su compañero.

En aquel instante, Arthur se dio cuenta de que sus manos se hallaban completamente desolladas. Y la violencia del combate permanente que venía librando frente al espectro de su esposa, le convenció de que la necesidad de salvarse de la locura era consubstancial con sus anhelos vitales.

En cuanto consideró que se hallaba restablecido, se vistió con otras ropas y abandonó la habitación-celda. Le acompañaban los dos enfermeros. Y a lo largo de aquellos minutos, su curiosidad fue ligeramente motivada por la tranquilidad y el orden que evidenciaban los largos pasillos que estaban recorriendo. Pero, al llegar ante la puerta de una estancia situada al otro lado del manicomio, le detuvo un amago de intranquilidad, acaso porque siempre le habían fastidiado los espejos: ¿no le estaban proponiendo que encontrase el sendero de su recuperación "mirándose" y escuchando a otro paciente al que se le consideraba "su igual"?

La discreta presión en su espalda de las manos de uno de los enfermeros, le decidió a entrar en aquel escenario, cuyas características eran muy distintas a las que él había venido ocupando durante los dos últimos años. En realidad eran dos celdas, divididas por una pared central compuesta de dos filas de barrotes. Así se podía asegurar la comunicación verbal y emotiva, sin que se produjera el enfrentamiento físico, violento, que daría al traste con todas las posibilidades de curación. Las paredes y el suelo se hallaban cubiertos por un material acolchado, para impedir que los pacientes se dañaran al caer en alguno de sus frecuentes ataques epilépticos. Y las ventanas situadas a una altura considerable, eran mayores que la de su encierro anterior, y ofrecían las ventajas de dejar entrar a raudales los rayos reconfortantes del sol.

Repentinamente, acusó una morbosa curiosidad por conocer al caballero con el que se le había obligado a compartir su locura. No tardó mucho tiempo en ver satisfecho su vivo deseo. La puerta de la estancia contigua fue abierta, dando paso a un hombre bien vestido y mucho más joven que él, de gran estatura, extremada palidez, casi propia de un agonizante, muy delgado y de maneras pausadas. En su rostro destacaba, como primer motivo de interés, unos ojos hundidos rodeados de ojeras, y el hecho de que la piel de sus mejillas, parietales y mentón se vieran marcadas por unas cicatrices, extrañas y profundas, que parecían haber sido causadas por las garras afiladas de una bestia asesina, acaso un león o una pantera, que le daban un siniestro aspecto.

En cuanto este personaje llegó al fondo de su habitación, se volvió y dedicó una tenue sonrisa a Arthur, consiguiendo que su iniciativa no pasara de ser una mueca estúpida. Pero ésta fue su única intentona de comunicación, porque se mantuvo en silencio, acostado o sentado en su camastro a lo largo de toda una semana. Los enfermeros debían invitarle a que se aseara, y en las comidas se limitaba a picotear en los platos y a beber mucha agua. Su sed era algo muy singular por resultar casi obsesiva.

Y cuando Arthur se disponía a iniciar el primer diálogo junto a la doble fila de barrotes, se vio atacado por la aparición de Morella.

-¿Tan ilusa ha llegado a ser tu mente que te ha llevado a suponer que te habías librado de la hija del infierno y la muerte? -preguntó la alucinación, envolviendo cada una de sus palabras con una tromba de carcajadas-. ¡Vives sumergido en un terror perdurable porque yo así lo he deseado! ¡Miserable intelectual, rata de cloaca, nunca conseguirás arrancarme de tu cerebro! ¡Nunca!

-¡Déjame en paz, harpía! ¡No eres real, vete! ¡Yo no soy tu esclavo! ¡Conseguiré como sea que desaparezcas de mi mente!

La burla del fantasma que se proyectaba en la pared, rodeado de un deslumbrante círculo de luz, creció en volumen sonoro y se transformó en unas heridas mentales, tan dolorosas que Arthur se desplomó en el suelo, contorsionándose bajo un ataque nervioso. Su inmensa protesta terminó materializándose en una baba de saliva y mucosidad.

Este ataque se repitió sucesivamente, dos veces por día y durante unas tres semanas. No obstante, en los momentos de calma, maniatado con la camisa de fuerza y con la boca sellada con una fuerte mordaza, Arthur pudo comprobar que su vecino de habitación se hallaba a merced de similares ataques, porque, al no ser coincidentes con los suyos, le era posible contemplar una serie de reacciones, unidas a unos gritos, aullidos, golpes y convulsiones que terminó por deducir que eran idénticos a los que a él le atormentaban.

Así hizo eco en su cerebro el anuncio del director del manicomio: "*A medida que vaya progresando nuestro experimento, esas fuerzas de que le he hablado irán creciendo, y llegarán a oponerle una mayor resistencia que esta última noche...*"

No había duda de que se hallaban, aquel caballero y él mismo, soportando la etapa de horrores que se le pudo anticipar. Por eso se concentró en llenar su mente de operaciones matemáticas, de canciones infantiles y de sonsonetes monocordes tendentes a sumirle en una especie de letargo. Hasta que encontró el recurso de la oración. Nunca había sido un creyente, aunque sí estaba bautizado, lo mismo que su hija -"¡no quiero pensar en ella, porque es la reencarnación de Morella, su madre!"-; y en su vida todos los momentos importantes contaban con el respaldo religioso que imponía la sociedad en la que se habían desarrollado sus actividades profesionales.

Al cabo de un tiempo prudencial, empezó a creer que había alejado de sus pesadillas al fantasma de su esposa. Y una mañana que, por singular coincidencia, encontró a su compañero de habitación muy tranquilo, se atrevió a decirle:

-Mi nombre es Arthur S. Norden, soy filósofo y naturalista, y me encuentro aquí por haber sufrido el ataque de una mujer despiadada.

Siguió contando su historia de una forma pausada, emocionándose en algunos pasajes y sin contener su cólera en otros, hasta que, al finalizar, formuló la lógica invitación:

-¿Por qué no me confía el motivo de sus sufrimientos? Entiendo que a usted, como me ha sucedido a mí en las cuatro semanas que llevamos compartiendo esta habitación doble, no le habrán pasado por alto que la coincidencia de nuestras reacciones es tan exacta, que se diría que nuestros enemigos son hermanos gemelos... ¿Qué responde a mi proposición, compañero?

Aquel hombre le miró fijamente y, después de unos segundos de indecisión, preguntó con un susurro:

-¿Por qué he de contarle mi vida cuando siempre he sido un devoto de la meditación, un voyeur de la atención pasiva?

Una simple sombra o el aroma de una flor servían para entregarme, por espacio de muchas horas, a un soliloquio de cavilaciones que me conducían inevitablemente a la morbosidad y al horror... ¡Basta, he hablado demasiado! Seguro que "ella" estará disgustada por esta predisposición mía a aceptar la invitación del diálogo, ¡cuando me lo tiene prohibido!

-¿Cree posible llegar a sufrir mayor terror del que he venido yo soportando, compañero? Más de dos años llevo sumido en la inanición física y mental, como imagino que le habrá ocurrido a usted. La locura me ha abrazado en estos últimos años, pero me cabe la satisfacción de asegurar que no he sido poseído definitivamente por esa tiranía mental. Esta lucidez actual que puede advertir, tan distinta a mi reciente existencia de vegetal humano, me conduce a pedir su colaboración. Quiero sobrevivir. Ya he superado una larga etapa en la que el suicidio me parecía la única vía de escape frente a mis sufrimientos.

Todos estos razonamientos no fueron suficientes, en aquel momento; pero, al igual que el persistente ataque del ariete acaba por derribar el portón más sólido, la voluntad de aquel ser cadavérico se resquebrajó, quizá porque su antigua tendencia a la meditación le había llevado a aceptar un experimento que no le imponía una actividad corporal.

-Mi nombre de pila es Egaeus, provengo de una raza de visionarios y el entorno donde me eduqué se hallaba preñado de una melancolía contagiosa, de una invitación a la quietud, a la reflexión y al rechazo de la actividad física -comenzó a decir, en un tono de voz más bien bajo, que no dejaba vislumbrar ningún tipo de pasión, como si las consecuencias de sus actos ya las hubiera asumido, por lo que no le atemorizaban-. En ciertos momentos he lamentado el encierro a que me condujo mi personalidad: mientras que cualquier otro jovencito de mi edad era una ballesta proyectada por la elasticidad de los músculos en desarrollo, yo aprendí enseguida a leer y meditar, con el único propósito de familiarizarme con la enorme cantidad de libros que sobrecargaban los estantes de la biblioteca familiar. De esta forma, se produjo en mí como una especie de paralización: la realidad me parecía una ensoñación, a la vez que todo lo imaginado cobraba un obsesivo protagonismo...

"No sé decirle cuando advertí conscientemente la presencia de Berenice. Eramos primos y compartíamos la misma casa; sin embargo, ella obedecía a las tendencias más naturales de la raza humana: vitalidad, osadía y curiosidad, todo lo cual le empujaba fuera de la mansión. Quiero recordarla, las veces que sus silencios, tan escasos, me invitaban a observarla, siempre con las mejillas enrojecidas por una salud pletórica, con los ojos vivarachos y alegres, con sus cabellos largos y siempre libres de moños y coletas, y tan llena de vida... ¡Berenice! ¡Sílfide superior a cualquiera de los dibujos que las representan formando cenefas en algunos de los libros que yo había leído en mi juventud, o en esas otras que se convertían en el impulso romántico de los príncipes heroicos de las leyendas y fantasías imaginadas por los antiguos!

"Esto es lo único que puedo contarle de Berenice cuando se hallaba tan distante de mis aficiones. Sin embargo, en el momento que ella se vio aquejada por una fatal enfermedad, que la devoró de una manera progresiva, irreparable, me sentí invitado a convertirla en el motivo de mi interés. Todo en su persona cambiaba: la vitalidad se hizo reposo, su tez rosada se volvió más blanca que la cera, sus risas dieron paso a una respiración jadeante y sus gritos de júbilo fueron ahogados por sollozos y gemidos.

"Además de todas las anomalías físicas que le he enumerado, Berenice empezó a verse asaltada por unos ataques de epilepsia, que llegaban a ser tan prolongados e intensivos que, algunas veces, degeneraban en unos terroríficos estados de catalepsia. Las dos primeras veces se llegó a instalar la capilla mortuoria, y se cubrió de luto toda la casa. Pero, inesperadamente y siempre de una forma violenta, retornaba a la vida, dejando a todos sus familiares sin saber si se hallaban ante un fantasma o una resurrección milagrosa. La explicación médica terminó consiguiendo que fuesen aceptadas estas detenciones de sus mecanismos vitales, aunque no se comprendieran...

"Por otra parte, mi enfermedad se iba transformando en una monomanía por la meditación prolongada. Los motivos más insignificantes, según la valoración de las gentes normales, me empujaban a morbosas deducciones, que finalizaban con un interés sobrenatural por el objeto que había provocado mi interés primitivo. No sé si usted me entenderá... Quizá le resulte de más fácil comprensión, si le digo que los escasos objetos o hechos que provocaban mi atención, acababan por generar una obsesiva necesidad de posesión mental. Al mismo tiempo, mis lecturas actuaban de cultivo de todas mis inclinaciones perversas: si por un lado las alteraciones de la constitución física de Berenice me producían una gran piedad, por otro me enamoré de su desgracia, debido a que mi pasión provenía de la inteligencia y no de los sentimientos. La veía como la protagonista de un sueño, idéntica a una abstracción y merecedora de mis especulaciones mentales. Y así le fui proponiendo el matrimonio, seguro de que me aceptaría, porque ella llevaba mucho tiempo deseado

"Recuerdo que una tarde de invierno, cuando se hallaba muy cercana la fecha de nuestras nupcias, me encontraba sentado en el gabinete interior de la biblioteca. De pronto, levanté los ojos y encontré, ante mí, a Berenice... ¿Qué influencias atmosféricas, ambientales y psíquicas actuaron sobre mi voluntad? No sabría contestarle. Ella permanecía callada, y por nada del mundo me hubiese atrevido yo a romper el silencio que nos rodeaba. Sentí que un escalofrío de hielo recorría todo mi ser, y cómo me oprimía una angustiosa combinación de ansiedad y de curiosidad...

"Por eso me recliné en el asiento, apoyé mis manos en la mesa escritorio y me quedé contemplándola, igual que si la estuviera viendo por primera vez: su delgadez resultaba excesiva, su frente muy alta, su cabello anteriormente de una tonalidad azabache se había vuelto de un rubio reluciente, sus ojos carecían de brillo y parecían haberse desprovisto de las pupilas, y sus labios finos y contraídos semejaban... ¡De pronto, se entreabrieron para formar una sonrisa extraña! ¿Por qué me dejaría Berenice ver sus dientes?

"El golpe de una puerta me distrajo unos instantes y, al levantar la cabeza, advertí que ella acababa de abandonar la biblioteca... ¡Dejándome el espectro de sus dientes! ¡La belleza de su esmalte, la inmaculada blancura y la perfección de su simetría me obsesionaron! ¡Me sentí dominado por mi monomanía y, aunque luché contra su irresistible influencia, lo único que conseguí fue que los dientes de Berenice me enloqueciesen! ¡Los deseé con una pasión frenética! ¡Ya nada me importaba, porque el objetivo que acababa de encontrar se me hizo demencialmente prioritario!"

Egaeus guardó silencio. Estaba excitado, sin que ello alterase demasiado sus facciones, y en sus manos se evidenciaba un leve temblor; mientras, su mirada se hallaba perdida en un rincón de la estancia. Arthur le escuchaba atentamente, completamente absorto en aquella historia que presentaba tantos puntos de contacto con la suya.

-Los dientes se me hicieron la única realidad presente ante mi mirada mental, y en su insustituible individualidad llegaron a palpitar sobre mi codicia, porque constituían la esencia de mi vida intelectual. Me seguían por todas partes. Me estremecía al asignarles un poder sensible y consciente... ¡Llegué a codiciarlos locamente! ¡Y esta obsesión me destruyó: su posesión era lo único que podía devolverme la paz que se me había arrebatado en el mismo instante que los contemplé!

"Dos días permanecí encerrado en la biblioteca, advirtiendo aisladamente la llegada de las sombras y de las luces. Porque mi monomanía había alcanzado su cima: valoré los dientes desde todas las perspectivas, metafísicas y sobrenaturales. Y luego de tan prolongadas disquisiciones, inmóvil, el fantasma de la dentadura de Berenice me esclavizó hasta convertirme en una especie de autómata... ¿Seguí allí durante todo aquel tiempo?

"Repentinamente, irrumpió en mi modorra un grito, y luego, tras una pausa, el sonido de un tropel de voces turbadas, mezcladas con sordos lamentos. Realizando un gran esfuerzo conseguí incorporarme en mi asiento, y me encontré con un criado deshecho en lágrimas...

"-¡La señora ha muerto...! -susurró con voz quebrada-. Sufrió un ataque de epilepsia... Llamamos al médico, como el señor nos tiene ordenado. Pero esta vez era la definitiva.

"Una marioneta hubiese reaccionado con más pasión que la expresada por mi conducta siguiente. ¿Acaso la noticia me demolió anímicamente? Terminé por enterarme de que el fallecimiento de Berenice se había producido aquella misma madrugada y que ya se estaban iniciando los preparativos del entierro. Dirigí todas las ceremonias, hasta que la tumba quedó cubierta por la arcilla que formaba el suelo de nuestro jardín.

"Luego, me encerré en la biblioteca, donde me sorprendió la llegada de la noche. De nuevo volví a perder la noción de la realidad; pero mi mente se llenó de horror, que acaso debería calificar de terror por su ambigüedad. Supuso una página atroz de mis experiencias, escrita en su totalidad con los recuerdos más tenebrosos y alucinantes. Intenté luchar para descifrarlos; sin embargo, mis esfuerzos fueron vanos... ¡Mientras tanto, una y otra vez, igual que el espíritu de un sonido ausente, un grito de mujer, agudo y penetrante, no cesaba de sonar en mis oídos. Yo había hecho algo! ¿Qué era? Me lo pregunté a mí mismo en voz alta, y los ecos susurrantes del aposento me respondieron: "¿Qué era?"

"En la mesa-escritorio, a mi lado, ardía una lámpara, y había junto a ella una cajita. No tenía nada de peculiar. Pero ¿cómo se encontraba allí, y por qué yo me estremecía al contemplarla? Sabía que pertenecía al médico de la familia... ¿Es que éste me la había prestado?

"Vencí las dudas diciéndome que me estaba deteniendo en algo insignificante. No obstante, en aquel momento, escuché una débil llamada en la puerta. Me sobresalté más de lo habitual;

y ante la insistencia de los golpes, debí tragar saliva para conseguir formular la autorización verbal.

"Entró un criado andando de puntillas, embargado por el terror y hablándome con voz ronca, trémula y ahogada... ¿Qué me contó? Escuché algunas frases entrecortadas: un salvaje aullido que había alterado el silencio nocturno, la reacción de la servidumbre al buscar las causas del sonido, y el hallazgo de la tumba violada, el ataúd abierto, el rostro del cadáver de Berenice desfigurado, sin mortaja, y que todavía respiraba, todavía palpitaba, todavía vivía..."

"Aquel hombre se fijó en mis ropas, y se atrevió a indicarme que estaban manchadas de barro y de sangre coagulada. No le respondí. Tampoco rechacé la presión de sus manos, cuando examinó mi diestra: tenía heridas recientes originadas por uñas humanas. Luego, su interés se centró en un objeto que se encontraba en la pared, y me vi forzado a seguir su mirada: era una pala...

"Súbitamente, liberando un alarido, actué con un dinamismo insólito en mí. Cogí la cajita, intenté abrirla y no pude conseguirlo.

"Las manos me temblaban. Por eso se me cayó al suelo, donde se hizo pedazos, mezclándose con treinta y dos objetos blancos, pequeños y marfileños, que se esparcieron por el suelo...

"Quizá a usted le pueda resultar muy fácil acusarme de ese crimen, porque Berenice falleció por culpa de la enorme cantidad de sangre que perdió con la extracción de todos sus dientes... ¿Cómo he de achacarme algo que no recuerdo? Durante los tres años y cinco meses que llevo en este manicomio, "ella" ha venido atormentándome con su presencia; un fantasma desdentado, riente y acechando permanentemente un desenlace que yo siempre he creído cercano...

"Esta es mi historia, mister Norden. Ahora quisiera volver a escuchar la suya de una forma más exacta. Cuando usted me la confió, pretendiendo invitarme a que le imitase, yo no me encontraba en la mejor situación para obtener esas ventajas que nos anunció el director... ¡Porque la curación me permitirá volver ante la tumba, donde Berenice espera que yo le devuelva sus dientes!"

Arthur se compadeció de su compañero, pues entendió que jamás podría conseguir recuperar la lucidez mental. La narración que acababa de escuchar le sumió en un mar de confusiones, sin impedirle entender que su pecado era inferior al de aquel desdichado. Pero como permaneció callado, Egaeus le volvió a suplicar que le refiriese sus experiencias.

-A Morella la conocí hace años -empezó a contar Arthur sin ningún temor-. Al principio, fuimos amigos, y yo sentía hacia ella el fuego de una pasión alimentada por la sorpresa y la curiosidad, pero nunca por Eros. Esto no impidió que nos casáramos. Desde el primer momento de nuestra unión, me convertí en su discípulo, porque Morella leía libros tenebrosos, todos relacionados con la muerte y la pérdida de la identidad humana. Su erudición era profunda y su espíritu gigantesco.

"Me abandoné sin reservas a la dirección de mi esposa. Pero entonces, escudriñando páginas prohibidas, comencé a sentir que un aliento aborrecible se encendía dentro de mí. Frente a mi debilidad, ella me reconfortaba posando su fría diestra en mis manos y con la música de su voz. Hasta que, al fin, el mensaje que me comunicaba se inundó de terror, una sombra cayó sobre mi alma y comencé a temblar frente a aquellas entonaciones sobrenaturales.

"Llegó un momento que el misterio de la naturaleza de Morella me oprimió como un maleficio. Me vi imposibilitado para soportar el contacto de sus dedos pálidos y el resplandor de sus ojos melancólicos. Ella advertía mi repulsión, pero jamás me lo reprochó durante aquella época. Parecía consciente de mi locura...

"Ignoro en qué momento advertí que mi mujer languidecía paulatinamente: una mancha carmesí se fijó en sus mejillas y las venas azules de su blanquísima frente se agrandaron.

De nuevo me encontré enfrentado a dos emociones opuestas: la compasión y el vértigo de quien hunde la mirada en un abismo lúgubre, que era ése que me ofrecían los ojos de Morella... ¿Podrá creerme usted si le digo que empecé a alimentar un deseo voraz de asistir a su muerte? La enfermedad que la consumía avanzaba lentamente, cubriendo semanas y meses de espera, por lo que yo terminé enfureciéndome por el retraso de un desenlace que se me debía. ¡Con el instinto de un diablo maldije esa tediosa prolongación!

"Una tarde otoño, Morella me llamó a la cabecera de su cama. Entonces cubría la tierra una espesa niebla, ascendía un cálido resplandor desde las aguas, y entre el follaje de octubre había caído del cielo el arco iris.

"-Éste es el día elegido para vivir o morir -me dijo, acumulando en su voz un mayor misterio del que yo había podido sentir jamás en cualquiera de sus manifestaciones-. ¡Ah, el más hermoso para las hijas del cielo y de la muerte! Me muero, y sin embargo viviré... Nunca existieron los días en que hubieras podido amarme; pero aquella a quien en vida aborreciste, será adorada por ti en la muerte... Acepto que hay en mi interior ese afecto -¡cuán miserable!- que sentiste por mí, Morella. Y cuando mi espíritu parta, vivirá tu hijo y el mío, el de Morella. Desde ese momento, tus días serán de un dolor perdurable. Porque las horas de tu dicha ya han finalizado. Se acabó tu juego voluble con el tiempo, ¡ya que me llevarás por la tierra como un sudario!

"Quise interrogarla sobre esas amenazas; sin embargo, ella volvió la cabeza sobre la almohada, un ligero estremecimiento recorrió su cuerpo y expiró. Ya no oí más su voz.

"Pero, como me había anunciado, su hija -a la que dio a luz momentos antes de expirar- comenzó a acusar los síntomas de la vida en el mismo instante que ella falleció. Su semilla creció en talla e inteligencia, durante los años siguientes. Mientras, yo comprobaba que cada vez se parecía más a su madre, lo que no me impidió amarla con una pasión que jamás pude creer que fuera a sentir por un ser humano.

"No obstante, terminó por oscurecerse este afecto, hasta que se tornó en tristeza y horror, porque en la conducta de la niña yo veía, cada vez más palpablemente, las teorías sobrecogedoras de la difunta Morella.

"Como llegó a ser tanta la incertidumbre, alejé de la curiosidad del mundo a mi hija. Y sumido en la soledad, me concentré en la adoración que la profesaba. A la vez, con el paso de los años, iba haciéndose más patente la similitud entre la niña y su madre, por lo que su aspecto me resultaba espantosamente perturbador. La identidad de ambas era demasiado perfecta, y los ojos, nada infantiles, escrutaban en el interior de mi cerebro como antes lo había hecho Morella.

"Así transcurrieron dos lustros de la vida de mi hija, y yo no le había dado un nombre. Tampoco le había hablado de su madre. Esto no supuso ningún obstáculo para que, llegado el momento en que la necesidad de que la niña dispusiera de un nombre se hizo una obsesión insufrible, yo eligiese el de Morella. Vacilé ante la pila bautismal, pero terminé por aceptarlo debido a que otra voluntad, más poderosa e infernal que la mía, era la que impulsaba esta decisión.

"Por aquellas fechas no supe las causas de mi decisión, pero hoy, después de haber sido acosado a lo largo de cuatro años por un fantasma despiadado, acepto que un engendro me incitó a musitar ese nombre, a pesar de que su simple sonido conseguía que afluyesen torrentes de sangre de las síenes a mi corazón... ¡Ahora comprendo por qué las facciones de mi hija se cubrieron con el velo de la muerte en el instante que el sacerdote pronunció el nombre de Morella, y por qué se hincó de rodillas, levantó sus ojos al cielo y exclamó: "¡Aquí estoy!"

"Precisas, fríamente, cayeron esas palabras en mis oídos como plomo derretido y rodaron estruendosamente por mi cerebro... ¡Los años habrán podido transcurrir, pero el recuerdo imborrable de aquel momento jamás morirá! Desde aquel suceso, perdí la noción del tiempo y del espacio, y las estrellas de mi destino se apagaron en el cielo. La realidad para mí se transformó en una continuo vagar de sombras, entre las cuales yo sólo podía distinguir las de una mujer dominadora, terriblemente satánica: Morella.

"Al poco tiempo, ella murió, y en mis propios brazos la llevé a la tumba... ¡Y cómo retumbaron mis carcajadas al encontrarme el ataúd vacío, sin huellas de la primera Morella, cuando iba a depositar a la segunda!

"A partir de entonces el espectro de Morella me ha venido acosando, siendo mi permanente acompañante en este manicomio... La verdad, amigo mío, es que mi pecado no fue superior al suyo. Pues yo me limité a desear algo que nunca llevé a la realidad, y por lo que he sufrido una penitencia superior al daño causado, mientras que usted lo llevó a la práctica, aunque fuese de una manera inconsciente..."

Con las últimas palabras que acababa de escuchar, Egaeus alzó la mirada hacia el techo, se mesó los cabellos, palpó las cicatrices de su rostro y susurró con un acento escalofriante:

-Yo fui un asesino, mientras que usted sólo repudió al demonio que se le había introducido en la mente a través del contacto con su esposa... Fíjese en su propio cuerpo y en el mío: el fantasma de Morella no le ha causado ningún daño físico porque es muy distinto al de Berenice... ¡Las uñas de ésta rastrean mi cuerpo, abren mi piel y únicamente ansían recuperar los dientes que le arrebaté!

Entonces aquel desdichado comenzó a aullar, a golpearse contra los barrotes y a maldecir. Sintiéndose cada vez más enfurecido, porque la atención que le dedicaba su compañero de celda era la de un espectador impasible que asiste a una representación teatral que le es totalmente ajena.

Aquella misma noche, después de que los enfermeros creyeron haberle dejado totalmente drogado, Egaeus tuvo que encontrar fuerzas en alguna zona sobrenatural de su mente, ya que por la mañana se le encontró colgado de los barrotes de la ventana.

Lo singular es que esta tragedia no pareció afectar al otro paciente, pues inició una mejoría paulatina. Las apariciones de Morella se fueron diluyendo, hasta el punto de que, un año más tarde, se le pudo dar de alta.

Sentado en la berlina. Arthur S. Norden devolvió sus recuerdos al presente, se recostó en el asiento y dedicó una sonrisa melancólica a aquel desdichado sin cuyas confidencias él no se hubiera curado.

"En un mundo que ya comienza a aceptar las teorías darwinianas de la evolución, es lógico que sólo sobrevivan los más aptos. El pobre Egaeus era demasiado vulnerable", se dijo, con cierto alivio.

-¡Ya hemos llegado a la estación, mister Norden! -escuchó la voz del cochero.

Seguidamente, pagó el recorrido, recogió el maletín, que constituía su único equipaje y se dirigió a la ventanilla. Compró un billete para Londres, y poco tuvo que esperar en al andén. La meticulosidad de la burocracia del manicomio siempre conseguía estos pequeños milagros, acaso para que los ex pacientes pudiesen olvidar, lo más rápidamente posible, que durante una temporada, más o menos larga, habían permanecido recluidos en un lugar de cuyo hospedaje nadie acostumbraba a presumir.

Cuando Arthur penetró en su departamento del vagón de primera clase, comprobó que iba a viajar solo. Al instante, el tren se puso en marcha. Y unos pocos minutos después, nada más atravesar un túnel bastante largo, pudo comprobar que dos mujeres se hallaban sentadas frente a él: ¡una era Morella, más tiránica que nunca en su actitud y en su mirada; y la otra era una joven desconocida, que le sonreía... mostrándole sus encías sangrantes, porque le faltaban todos los dientes!

En aquel mismo instante, el potente silbido de la locomotora ahogó el incontenible alarido de terror de Arthur...

68 VECES COBARDE

Manuel Yáñez

Manuel Yáñez es un escritor autodidacta, que nació en Madrid el 23 de enero de 1939. Luego de publicar novelas populares, se dedicó a escribir miles de guiones de comic para diferentes editoriales de Europa. En 1972, casi toda su labor la concentró en la realización de adaptaciones de los grandes clásicos del Terror y de la Aventura, hasta comenzar a escribir sus propios relatos. La mayoría de este trabajo se publicó en el diario "Pueblo". Luego de una abundante producción el terreno del Erotismo, cuando la censura española se aligeró lo suficiente, publicó en la colección "Biblioteca Universal del Misterio y del Terror", de Ediciones V, varios relatos de gran calidad, entre los cuales destaca éste de *68 veces cobarde*.

Actualmente, Yáñez es un colaborador asiduo de "ME Editores S.L.", para la cual ha escrito el *Gran libro de los nombres*, varias obras de Enigmas y una veintena de cuentos infantiles. La gran versatilidad de este creador queda patente en el relato de Fantasmas que ofrecemos a continuación.

En aquel lugar el sol era una bola de fuego, agobiante y omnipresente. Los dedos largos, fijos y ya no ultrasensibles de Wild Bill Haycox alcanzaron la cantimplora. Antes de beber se desabrochó la pequeña corbata que montaba sobre los dos botones de su camisa de algodón, antaño siempre almidonada e impecable, pero en aquel momento sucia de polvo y sudor. Levantó la cabeza, cerró los ojos y espantó un mal recuerdo. El agua produjo una tentación de náusea en su garganta acostumbrada al mejor whisky, y sólo consiguió la suficiente para eliminar la sequedad de los labios; mientras, el caballo avanzaba al trote, con los belfos manchados de espuma y con todo el negro cuerpo abrillantado por el sudor provocado por el calor tórrido del desierto.

Jinete y montura ya no componían la estampa del arrogante centauro a cuyo paso las gentes de paz corrían a esconderse en los rincones más seguros de sus casas, a la vez que los indeseables asomaban sus rostros de buitres y sus risas de hienas para demostrar el servilismo que les unía al pistolero, cuyos *colts del 38*, especialmente ajustados a la habilidad de su propietario, habían dado muerte a 68 personas.

En aquel territorio todo carecía de pedestal humano, debido a que el polvo, la temperatura y un océano de tierra y rocas peladas sólo admitían la lucha más desesperada por la supervivencia. Por eso el pistolero de cuarenta y nueve años llevaba un mapa, una brújula y las suficientes provisiones. Sin embargo, sus ojos de halcón mostraban unas bolsas que evidenciaban la falta de descanso físico y mental, su rostro tallado con escoplo adquiría una superior perversidad debido a una barba de tres días y la línea de la boca, blanquecina y apretada, no necesitaba convertir en palabras el anuncio del veneno que encerraba.

Buscó alguna zona de sombras en el terreno pedregoso por el que iba a adentrarse. Tiró de las riendas con crueldad, para arrancar a su caballo de una posible somnolencia y llegó a donde quería luego de una rápida cabalgada. Al momento, descabalgó, fue a dejar a la bestia en una pared rocosa, cogió las alforjas y marchó en busca de un descanso. Pero fue incapaz de dormir y de liar un cigarrillo. Tardó en convencerse de que no ejercía ningún dominio sobre su cerebro, igual que desde hacía tiempo no le dejaban de temblar los dedos igual que a un alcoholizado.

Se mordió los labios, cerró los puños hasta clavarse las uñas en las palmas, estiró las piernas y se dijo que era un hombre de temple acerado. De pronto, como respuesta, su mente quedó inundada por una sonrisa cínica y desafiadoramente juvenil, a la vez que ensordecía sus oídos el recuerdo de un anuncio gritado:

"¡El viernes, a las doce y treinta, te espero en la calle principal de Canyon River! ¡Viejo, procura entrenar tus manos y engrasar esos *colts del 38*, porque yo, Sam Ballard, me he propuesto heredar tu negra fama!"

Antes, más de 30 hombres de todas las edades habían pretendido lo mismo. Pero aquel coyote tejano era distinto a todos, porque exultaba juventud, se leía en sus ojos que no temía a la muerte, y las muescas de sus revólveres proclamaban que había quitado la vida a una docena de pistoleros. Wild Bill le tuvo miedo, por eso se encontraba en el desierto, huyendo por primera vez en su vida. Quizá esa fuera la causa que inquietaba su ánimo y le impedía conciliar el sueño, o ¿acaso tuvieran la culpa las pesadillas nocturnas que venían acosándole desde hacía varios meses?

Todo debió comenzar aquella mañana que se despertó con los dedos pulgar e índice de la mano derecha casi agarrotados. No pudo creérselo. A lo largo de una hora de maldiciones y temblores, se vio bajo la evidencia de la edad y de los excesos a los que había sometido a su cuerpo. Más tarde, marchó en busca del médico, al que le obligó con el cañón de un *colt del 38* a que le dijese qué significaba aquella dolencia.

-Es una pequeña artritis -diagnosticó el viejo galeno-. Sumergiendo la mano en agua caliente y con esta pomada recuperará la movilidad de sus dedos. Pero le aconsejo que no vuelva a probar el alcohol...

-¿Puedo confiar en que no contará a nadie esto, "matasanos"? -preguntó amartillando una de sus armas.

-Se lo juro... Créame... Yo nunca he sido su enemigo, mister Haycox...

Seguidamente, el pistolero se sometió a un régimen de enclaustramiento, hasta que se convenció de que su diestra volvía a moverse con la rapidez de siempre. Y el primer día que pudo reanudar la vida normal, se cuidó de comprobar si el "matasanos" se había ido de la lengua. Terminó sabiendo que todos creían que su ausencia obedecía a algún viaje; no obstante, aquella misma noche, se encargó de meter dos balas en la barriga al tipo que poseía una información demasiado peligrosa.

El dueño de los "dedos más rápidos del *Far-West*" pagaba así los favores que se le hacían.

Repentinamente, tiró de las bridas con fuerza, obligando a que su montura se alzara sobre las patas traseras, y se quedó atónito. Una muda maldición entreabrió sus labios y sus ojos expresaron un asombro impropio de un *poker-face*. Intentando tragar una saliva inexistente en su boca reseca, extrajo el mapa del bolsillo interior de su chaqueta negra, donde también acostumbraba a llevar la ventaja de un diminuto *Patterson del 34*, encendió una cerilla y buscó su exacto emplazamiento en el desierto. Pero no halló lo que buscaba: ¡allí jamás se había encontrado ningún pueblo!

Entonces, ¿por qué estaba viendo un conjunto de casas, un depósito elevado de agua, una iglesia y dos *saloons*? Las siluetas de los edificios eran perfectamente identificables.

Wild Bill Haycox apagó el fósforo cuando estaba a punto de quemarse los dedos, y encendió otro para ver la hora en su reloj de cadena: las cuatro de la madrugada... ¡Pero en aquel núcleo humano bullían en multitud las luciérnagas de las ventanas y de las lámparas de los porches!

-Quizá sea un pueblo minero de los que crecen y se llenan de vida antes de que se enteren los que hacen los mapas -se dijo no demasiado convencido-. Voy a comprobarlo...

Esta vez prefirió dejar de clavar las espuelas en los flancos de su caballo. Se limitó a impulsarlo con las bridas, para que se moviera a un trote lento, cansino. Porque no era curiosidad el impulso que le movía hasta aquel lugar, sino una especie de magnetismo irresistible. El mismo que le obligaba en su juventud a buscar a ciertas mujeres. ¡En efecto, era esta misma pasión esclavizadora!

"¿Qué voy a encontrar ahí... si mi instinto parece querer arrastrarme a un fuego que yo... tenía casi olvidado?", se preguntó sin dejar de avanzar, sintiéndose muy inquieto.

Sus nervios nunca pudieron ser totalmente de hielo. Siempre había matado empujado por la carencia de piedad del asesino al que le aterroriza su propio miedo. La inexpresividad de su rostro, su rígida forma de andar, su vestuario y los revólveres que relampagueaban en las cartucheras que se mantenían atadas más abajo de los muslos y muy cerca de las rodillas habían sido una máscara. ¡Una máscara que había llevado puesta durante más de veintiséis años!

Antes de entrar en aquel pueblo, le llegaron a los oídos las amargas estrofas de la balada *The Cow-boy's Lament*:

...Que dieciséis tahures lleven mi ataúd. / Seis guapas chicas me canten una canción. Llevadme al valle, cubridme con terrones. / (...) Tocad suavemente el tambor y muy bajo el pínfano. / Que esta marcha fúnebre me acompañe... / y poned unas rocas sobre mi sepulcro...

Wild Bill Haycox se sintió singularmente aludido, y un escalofrío recorrió su columna vertebral en un asalto estremecedor que le forzó a sentarse sobre la silla de montar. Al mismo tiempo, a sus fosas nasales llegaban los olores característicos de la cerveza fresca, del whisky de cinco centavos el vaso, del *champagne* de viente dólares la botella, la brillantina y el "fijapelos" de los camareros y los sensuales perfumes de las bailarinas: amalgama que terminó por fundirse en un solo aroma: acre, dominante y preñado de recuerdos que él no supo, en aquel preciso instante, valorar con exactitud.

Inmerso en este cúmulo de sensaciones, fueron sus ojos los que empezaron a captar figuras y personajes que le resultaban familiares, a pesar de que no consiguiera saber dónde los había visto. Por último, resultaron tantos, que le invadió la idea de que la presencia de todos aquellos conocidos ("¿qué maldita casualidad los ha reunido aquí... y cómo ninguno de ellos me resulta extraño?") obedecía a una decisión que él debía respetar.

Durante unos segundos pensó en escapar de aquel pueblo, pero ni siquiera detuvo la marcha de su caballo.

Repentinamente, en una aparición más rebeladora que una lámpara de petróleo al ser encendida en una habitación a oscuras, se encontró frente a Mavis Bleeke, la reina de *Dodge City*, que se exhibía tan lozana, desafiadora y hermosa como en 1872... ¡Si hacía diez años que él mismo la había estrangulado con sus propias manos!

Ya no había ninguna duda. Aquel pueblo, que no estaba señalado en el mapa, pertenecía a los muertos. Porque eran muertos los hombres y las mujeres que le contemplaban desde los porches... ¡Y a todos él mismo los había arrebatado la vida!

¡Sí, allí estaban Sandy, el *croupier* de faro en el *Harper's Saloon* de Dodge City; Russell, el jefe de estación de Abilene; Horace, el propietario del *White Hotel* de Missouri Flates; Eilley, la rolliza pianista del *Comstock Saloon* de Virginia City: y todos los demás... hasta totalizar 68 cadáveres!

Jamás había llevado la contabilidad de las personas que asesinaba; ¡pero supo que ninguno de ellos faltaba en aquella cita macabra, incomprensible!

Entonces sí que descarnó los flancos de su caballo con las espuelas; a la vez, desenfundó uno de los *colts del 38.* Comenzó a disparar contra la fila de los que habían sido espectadores de su entrada en aquel maldito pueblo. Su demencial pretensión era volver a matar... ¡a los que ya debían encontrarse bien muertos!

Al instante se dio cuenta de que estaba malgastando las balas, debido a que las gentes habían desaparecido, lo mismo que los ruidos, las luces y los olores. Todo parecía que jamás hubiera existido..., ¡pues se hallaba en una población desierta y silenciosa!

-¡¿Qué ocurre aquí...?! -aulló con toda la fuerza que le proporcionaba su cólera de coyote racional, negándose a aceptar la locura. De pronto se tragó el deseo de seguir convirtiendo en gritos su protesta desesperada, pero no supo contener esta pregunta-: ¿Acaso ha sido uno de los espejismos del desierto? Pero... ¡Detente, bestia maldita!

A pesar de todos sus esfuerzos, no consiguió dominar a su montura hasta unas millas del pueblo, ya que la había encabritado con el estrépito de los disparos y con las heridas originadas por las espuelas. Luego, se dio cuenta de que todo su cuerpo estaba empapado de sudor. Realmente se había sentido aterrorizado.

-¡No..., no! ¡Yo jamás he conocido el miedo... y mucho menos el terror...! ¡Sólo han sido unas visiones... Estoy cansado, llevo dos días sin dormir y mi cabeza no me funciona demasiado bien... si no duermo lo suficiente!

Sin embargo, había tenido que volver a gritar para conseguir autoconvencerse de que sus deducciones obedecían a la realidad más auténtica. Acto seguido, negándose a volver por los derroteros mentales que podían conducirle al reconocimiento de su cobardía, se dirigió hasta aquel grupo de edificaciones, que ya, definitivamente, parecían desiertas, abandonadas.

Con el ceño fruncido, los labios apretados y los manos sujetas al cinturón, en la proximidad inconsciente de las culatas de los *colts del 38*, dejó el caballo atado a la barra del porche del hotel, empujó la puerta de cristales y entró en un lugar sumido en la penumbra. Sobre el mostrador de recepción vio una lámpara de petróleo. La cogió sin mucha confianza y, en seguida, comprobó que su deposito no estaba vacío. Encendió la mecha, cuyo resplandor le permitió descubrir una inmensa capa de polvo, un sinfín de telarañas y el lógico aspecto de un lugar que llevaba muchos meses sin ser habitado.

No obstante, al mismo tiempo que liberaba un soplido de tranquilidad, le llegó un hedor a tumbas, a cementerio en el que los cadáveres no hubiesen sido enterrados a la suficiente profundidad. Pero este retorno de la pesadilla fue muy breve, casi una intuición o una secuela de lo que había sufrido recientemente. Así que le resultó fácil creer que no debía sentirse afectado.

Después, subió el primer piso. Las viejas maderas crujieron bajo sus botas, de unas rendijas brotaron las veloces sombras gordonzuelas de dos ratones y sobre la campana de luz pasaron unos murciélagos. Wild Bill Haycox empezó a silbar O *Bury me not en the lo prairie* ("No me enterréis en la pradera solitaria"), aunque se negaba a aceptar que estaba asustado. En la primera puerta que abrió se encontró una cama de metal dorado, de alta cabecera en la que parecían reír unos angelotes desnudos columpiándose en unas guirnaldas de flores y frutas, y que contaba con todo su equipamiento para echarse un buen sueño.

"¿No es mejor esto que dormir en el duro suelo?", se preguntó el pistolero.

Retiró la colcha tejida con hilos dorados, rojos y amarillos, y se encontró con una manta que al presionarla no despidió polvo. Sonriendo abrió la ventana, para remover la atmósfera, dejó la lámpara de petróleo en un pequeño aparador, se quitó las botas y el cinturón canana -un chispazo de indecisión le asaltó al realizar este acto, aunque tardó muy poco en despreciarlo-, y se echó en el lecho que le estaba aguardando. Casi al instante se vio apresado por una extraña somnolencia, que creyó debida al agotamiento.

Pero se dio cuenta de la inusitada titilación de la llama apresada en la campana de cristal, y que una casi olvidada sensualidad enervaba todos los poros de su piel y ponía en fase de tensión sus músculos. Entonces, en el rectángulo de la puerta, casi en las sombras, apareció una mujer semidesnuda -sólo llevaba una gasa imperceptible sobre la subyugante hermosura de su cuerpo-. No debía contar más de veinte años, lucía una impresionante cascada de cabellos rubios, sus pechos se asemejaban a dos grandes pomelos que hubiesen adquirido la facultad de vibrar y de erectarse, su cintura era una completa tentación para unas manos que llevaban meses sin palpar la provocación de una hembra, sus móviles caderas encerraban la gracia de las más apetitosas bailarinas de San Francisco, y en el horno de su pubis se hallaba la miel y el oro en un triángulo de vellosidad que emanaba efluvios de paraíso.

Claro que Wild Bill Haycox nunca había sido un poeta; sin embargo, en aquel preciso instante, su sexualidad fue capaz de llegar a las cimas de la pasión, a la zona más alta, donde se acaba la posibilidad de seguir ascendiendo. Y por eso, cuando abrazó a la diosa, sus genitales eran un géiser de semen... ¡Un semen que se quedó petrificado, mientras sus testículos se volvían unas bolsas vacías, disecadas, al descubrir que tenía entre sus brazos a un cadáver putrefacto!

La cascada de cabellos se había convertido en unos repelentes colgajos que todavía se sostenían en los escasos restos de piel que quedaban en el cráneo. Los pechos no existían, aunque si ocupaban su lugar unas protuberancias agusanadas. La cintura sólo se hallaba formada por una carne podrida, devorada por la infección purulenta. Y las caderas ya nada más que eran los huesos completamente descarnados; pero el pubis se conservaba intacto, como queriendo demostrar que se resistía a la gangrena, porque había sido la única "herramienta de trabajo" de la que fue, en vida, Rosa O'Leary, o la *Rosa de Topeka.*

El pistolero intentó librarse de aquella carga macabra. El terror le enloquecía. Sus brazos, sus piernas y todo su cuerpo se entregaron a la lucha; a la vez, no cesaba de aullar sonidos ininteligibles. Pero aquella boca, de labios destrozados por una especie de lepra, no se separaba de la suya... ¡Súbitamente, desatando una sensación insufrible, tuvo la certeza de que varios gusanos estaban recorriendo la punta de su lengua!

Con el corazón al borde del infarto, las fuerzas se le multiplicaron hasta el punto que consiguió librarse del dogal que suponían los brazos infectos que le aferraban; sin embargo, no escapó a la inmensa náusea, aunque había conseguido liberar sus labios de la mortal ventosa, por eso comenzó a vomitar y a escupir durante largos minutos.

Sometido a esta reacción, le fue imposible darse cuenta de que la habitación se había llenado de espectros, de cadáveres animados de movimiento y que ofrecían todas las alteraciones que en sus carnes y en sus pieles, así como en sus ropas y en sus mortajas, habían causado el paso del tiempo y la putrefacción. No obstante, a todos ellos los pudo identificar cuando levantó la cabeza. Por eso se le desencajaron los ojos y el terror le reveló que sólo debía aceptar una verdad: ¡esa que tenía delante!

-¿Por qué...? -susurró entre las babas biliosas que aún escurrían de sus labios.

Como respuesta se vio atrapado por las manos -sólo eran huesos- de Herb Nestor, el recepcionista del *Wichita Hotel*, por las de Dave Fowler, el conductor de la diligencia que cubría la línea *Topeka-Independence* antes de que llegase el ferrocarril, y por las de Robert E. Riegel, el periodista del *The Tulsa Telegraph*. Eran auténticos esqueletos, pero el pistolero pudo identificarlos como si llevaran sus nombres escritos en el brillante y liso frontal de sus cráneos.

Ya no peleaba, ni protestaba. Porque todo él era un temblor, un agónico estertor imposible de transformarse en un sonido audible. Se vio sacado de la habitación igual que si fuera un inerte colgajo. Carecía de fuerzas para sostenerse, se le habían vaciado los intestinos -los excrementos y la orina le escurrían por las piernas dando prueba de su cobardía-, ya nada más que era una consciencia aterrorizada, que ni siquiera poseía el derecho a alejarse de lo que estaba ocurriendo dando un salto hacia la locura o la amnesia...

Parecía que era locura todos aquello que le rodeaba y le dominaba; al mismo tiempo, sus rodillas golpeaban contra los viejos peldaños de la escalera, su cabeza se le vencía sobre el pecho, esa baba de epiléptico en trance seguía manando de sus labios, y se iba dando cuenta de que cada vez eran más los cadáveres vivientes que le arrastraban.

El macabro recorrido finalizó en el comedor del hotel. Le pusieron de pie, apoyándole contra la pared. Y así pudo ver el lugar que había sido convertido en una espeluznante sala de juicios. Quiso cerrar los ojos, para hallar refugio ante tanto horror, y los párpados no le obedecieron... ¡Porque allí se encontraban, nuevamente, sus 68 víctimas, y todos le estaban mirando a pesar de que la mayoría no contaban con globos oculares en sus calaveras!

Presidía la mesa el presidente del Tribunal el más indicado de todos aquellos espectros hediondos y horripilantes: el juez Jeremías H. Pattie, que había sido titular del juzgado de Abilene hasta 1879. Sobre su esqueleto llevaba una toga harapienta, también putrefacta. No necesitó golpear el martillo de metal para solicitar silencio, porque allí el único sonido que se escuchaba era el que provenía de los labios temblorosos del reo: un estertor prolongado de renuncia y el castañeteo de sus dientes.

-Es innecesario que les informe a todos ustedes sobre el motivo de nuestra presencia en este juicio -comenzó a decir el muerto con una voz tan silbante como el viento al pasar por la copa de un gigantesco ciprés de cementerio, lo que no le restaba capacidad de comunicación-. Aquí falta la bandera de nuestro país, la Biblia y los abogados, tanto al defensor como el fiscal, porque todos nosotros ya pertenecemos a otro universo. Pero como nos ha devuelto con los vivos el mismo deseo de venganza, ¡hemos de obtener provecho de este molesto quebrantamiento del descanso eterno! Cada uno de nosotros debe su muerte a esta víbora humana: un asesino que ha venido engañando a todo el mundo con una ficticia leyenda de "'pistolero de nervios de acero y corazón justiciero", ¡cuando todos nosotros sabemos que siempre se ha valido de la traición, de la ventaja y del engaño! ¡Porque es un cobarde!

-No... No es cierto... -balbuceó Wild Bill Haycox, en una reacción que probaba la fuerza que aún mantenía en pie.

-¿Acaso te atreves a afirmar, ante 68 testigos de cargo, que nuestras muertes fueron cara a cara y en defensa propia? -le desafió el juez-muerto.

-Obstaculizabais mi camino... de una manera o de otra... Tuve que quitaros la vida... porque suponíais un gran peligro para mí...

-¿Peligro? Ahí se encuentra tu hermano pequeño Ralph, y tus tíos Lorne y Harold, más allá puedes ver a Clara Star, a Lorena Hoolding y a Rosa O'Leary, la *Rosa de Topeka...* ¿Te atreves a negar que todos ellos no te amaron?

-Quisieron cambiar mi destino... imponerme decisiones... Además sabían demasiado sobre mí...

-Los mataste para que no deformasen la imagen que te habían fabricado los escritores de esas novelitas que se venden en el Este por cinco centavos, ¡y porque eres un monstruo sediento de sangre! Creo que ya es innecesario que sigamos con el Juicio. La condena sólo puede ser una: ¡Wild Bill Haycox tendrás que enfrentarte en un duelo a muerte, sin trucos ni engaños, al joven Sam Ballard! ¡Por si lo has olvidado, te recuerdo que tienes una cita con él a las doce treinta del viernes, en la calle principal de Canyon River!

Súbitamente, se hizo un silencio inmenso, se apagaron las luces, se desvaneció el hedor a cementerio poblado de cadáveres putrefactos y la oscura soledad se transformó en una tenaza insoportable. Sin embargo, el pistolero tardó en darse cuenta de que le habían dejado solo. Luego, alzó la cabeza, sus ojos escudriñaron las sombras y, al cabo de unos minutos, se dio cuenta de que se encontraba en la cama. Esto le condujo a suponer que todo lo ocurrido obedecía a una pesadilla.

No obstante, saltó al suelo, se vistió precipitadamente, se colocó a conciencia el cinturón canana, después de comprobar que los *colts del 38* seguían cargados, y salió del hotel. Una vez se encontró en el porche, sin saber realmente por qué lo hacía, sacó de sus alforjas un *western book* (novelita del Oeste), que un editor de Nueva York venía dedicando a las "hazañas del pistolero más famoso del *Far-West*", y leyó la presentación:

"¡No tengas miedo! ¡No te asustes, hermosa! Ya estás a salvo en brazos de Wild Bill Haycox que se halla siempre dispuesto a arriesgar la vida, y a morir incluso, por una bella mujer."

Una sonrisa de vanidad se asomó a sus labios, montó lentamente en su caballo y puso rumbo a la responsabilidad. Estaba seguro de su victoria. Por eso ni siquiera acusó el cansancio, ni le volvió a herir el recuerdo de las terroríficas pesadillas, durante el largo recorrido hasta Canyon River. ¡Y en qué enorme envanecimiento se sumergió al comprobar la inmensa expectación que le aguardaba!

En el momento que se le vio aparecer, las apuestas se situaron de inmediato en un porcentaje de nueve a uno a su favor. No obstante, se dejó que pudiera prepararse meticulosamente, como si de un caballo de carreras se tratara. Allí se encontraban los principales periodistas del país, y hasta un famoso novelista europeo -algunos llegaron a decir que se trataba del propio Charles Dickens-, lo que suponía que la leyenda iba a cobrar un testimonio indestructible de autenticidad.

A las doce y veintiocho minutos, Wild Bill Haycox descendió por las escaleras del *Gold Saloon.* A los artistas Russell y Remington jamás se les hubiera ocurrido pintar un pistolero tan desafiadoramente arrogante. Todos los espectadores se quedaron sin habla, estupefactos. Y la parálisis general, quietos los vasos e inmóviles los dedos del pianista, permitió que resonase el tintineo de las espuelas de plata del "legendario" pistolero.

Después, bajo un sol de castigo y con un público que ni siquiera parpadeaba, los dos duelistas se situaron frente a frente. El senador Eugene Mc Parkinson se encargó de la cuenta, cuidándose de espaciar los tres números en intervalos de quince segundos exactos. Sin embargo, al llegar al "dos" se produjo un desenlace inesperado, revelador...

-¡No, no... Yo no quiero morir así... Mis dedos han envejecido... Jamás conseguiré desenfundar a tiempo...! -suplicó Wild Bill Haycox, arrodillándose en la ciénaga de su cobardía.

Un terremoto no hubiera causado mayor estampida humana. La fuga fue general, como si todos los presentes acabasen de descubrir que habían sido cómplices de una gran farsa. Y hasta el joven pistolero Sam Ballard abandonó la calle. Sólo los niños y los muchachos se quedaron, burlándose del "viejo cagón"...

Humillado y destruido, el asesino buscó un caballo, cualquiera, y se dispuso a escapar de aquel maldito pueblo. Pero, a los pocos metros, se enfrentó a las armas de sus víctimas. Los tejados, las ventanas, los porches y el suelo polvoriento se hallaban cubiertos de los negros cañones de los rifles y revólveres. Pero nada más que se escuchó un disparo de estruendo infinito, para que el cobarde cayese a tierra abatido por 68 balas justicieras.

RELATOS DE ESPECTROS

Catherine Crowe

Catherine Crowe nació en 1800, en la localidad de Borough Green, dentro de la comarca de Kent (Inglaterra). Sin embargo, su formación cultural la consiguió en Edimburgo. Algo que queda patente en su obra. Por fortuna para ella, en el momento que comenzó a publicar no debió ocultar su nombre bajo un seudónimo masculino, como les había sucedido a muchas otras autoras inglesas de siglos anteriores.

Desde que se conocieron sus primeros libros infantiles y sus dramas, se pudo observar en Catherine una singular predisposición a mostrar lo cotidiano, a plasmar literariamente lo que le rodeaba, sin olvidarse de aportar unas gotas de fantasía. Su condición de adelantada del feminismo la reflejó en sus novelas *Susan Hopley* y *Lilly Dawson*. No obstante, el apoyo del público lo obtuvo con su estudio-novelado *The Nightside of Nature*, editado en 1848, donde incluyó estos relatos, que más bien parecen unos informes periodísticos o policiales, lo que no les resta dramatismo y singularidad. Esta autora murió en 1876.

La mansión que ocupaba la familia B... en Camden-Hil carecía de importancia, en lo que se refiere a su aspecto. Lo único que llamaba la atención era el gran número de sus habitaciones, cada una de las cuales resultaba sumamente acogedora.

Los señores B..., una matrimonio bien avenido, la habían alquilado a un negociante de Temple, que les puso un precio bastante equilibrado. La idea de los nuevos inquilinos era convertir el edificio en una pensión, en la que pudieran brindar alojamiento a los funcionarios y empleados del barrio.

En los primeros meses el negocio funcionó, más bien porque sus tarifas resultaban bastante económicas. Sin embargo, un mal día Rose, un joven oficinista, se despidió inesperadamente, diciendo que su habitación estaba encantada.

El matrimonio B... nunca había dormido en aquella estancia, que era muy espaciosa y estaba situada junto al jardín. Como se consideraban muy honestos, antes de permitir que fuera ocupada por otro huésped, prefirieron averiguar personalmente lo que podía suceder en la misma.

Y en la primera noche se vieron obligados a admitir que Rose no les había mentido.

El reloj ya había marcado la una de la madrugada, cuando la señora B... se despertó sobresaltada al escuchar un ruido muy singular. Se sentó en la cama, a la vez que se decía:

"Es como si un enorme gato se estuviera afilando las uñas sobre el suelo de madera..."

En aquel mismo instante su marido se despertó, para quedarse a la escucha, sin decir ni una sola palabra. Mientras tanto, el ruido singular iba en aumento; después, fue perdiendo fuerza, como si el autor misterioso se estuviera aproximando o distanciando de la cama de una forma alternativa.

Por último, el señor B... fue incapaz de contener la pregunta:

-¿Quién anda ahí? ¿Por qué habéis entrado en nuestro dormitorio?

De repente, el ruido cesó; pero, a los pocos segundos, fueron levantados violentamente los edredones y las sábanas que habían cubierto al matrimonio.

Luego de intentar recuperar la calma, la señora B... encendió el mechero y prendió la mecha de una vela que siempre colocaba encima de la mesilla de noche. Este resplandor le permitió comprobar que en la estancia no había nada extraño; sin embargo, fue incapaz de encontrar los edredones y las sábanas, a pesar de contar con la ayuda de su esposo.

Ante estos sucesos, decidieron abandonar la habitación. Cerraron con la llave la puerta de la misma y, acto seguido, se marcharon a pasar el resto de la noche en su propio dormitorio.

No había amanecido cuando ya estaban de vuelta en aquella misteriosa estancia, donde encontraron los edredones y las sábanas sobre la cama, pero convertidos en unos revoltijos de telas. Pronto advirtieron que los primeros se hallaban en perfectas condiciones, mientras que las segundas habían sido totalmente desgarradas.

La señora B... no quiso repetir la prueba, a pesar de que su marido se empeñó en convencerla. Finalmente, fue éste quien pasó la noche siguiente en el cuarto encantado.

Lo primero que hizo fue dejar la linterna encendida junto a la cabecera de la cama.

Le costó mucho conciliar el sueño, al hallarse demasiado tenso. En el momento que comenzaba a cerrar los ojos, se vio sobresaltado por el mismo ruido de la noche anterior.

Nada más incorporarse, pudo contemplar, gracias a la luz de la lámpara, a un viejo de aspecto miserable, que llevaba poca ropa encima y que ocupaba todo el centro de la estancia. Se cubría con un singular sombrero de piel de gato. No había duda que estaba contemplando al señor B... con un gesto de desconfianza.

A pesar de sentirse enormemente aterrorizado, el ocupante de la cama se dio cuenta de que las manos del espectro eran inmensamente largas y que terminaban en unas uñas descomunales.

Afortunadamente, el señor B... había dejado al alcance de su mano una varita de junco. La cogió sin pensarlo dos veces, para intentar con ella golpear a aquel fantasma.

Sin embargo, no encontró resistencia alguna, debido a que el junco atravesó el cuerpo del viejo como si fuera simple humo.

De repente, el monstruo nocturno dio unos pasos hacia atrás, sin dejar de componer unos gestos amenazadores y, luego de atravesar la pared, desapareció por completo. Las horas que restaban hasta el amanecer transcurrieron sin ningún otro sobresalto.

Esto no impidió que el matrimonio B... decidiera vaciar de muebles la habitación. Y la cerraron decididos a no alquilarla nunca más. El espectro de la noche jamas volvió a aparecer en la casa, así que los huéspedes, lo mismo que los propietarios de la pensión, consiguieron dormir tranquilos a lo largo de dos largos años.

Pero, precisamente al cabo de este tiempo, los esposos B... hablaron del fantasma con uno de sus primos, que era un marino residente en Kingston y había venido a visitarles.

Este personaje era un sujeto corpulento de un firme sentido común. Como entre sus virtudes se hallaba la educación, no se atrevió a considerar exagerados los comentarios de sus parientes. Sin embargo, tomó la decisión de pasar la noche en la habitación embrujada.

No sin antes haber intentado disuadirle, se puso allí una pequeña cama, una mesita, una silla, una consola y sobre ésta una lámpara encendida.

El marinero se durmió inmediatamente, ya que nunca había creído en los fantasmas. Hasta dejó la puerta cerrada con llave, y añadió un grueso cerrojo.

Acababa de sonar la campanada de la una en el reloj del comedor, cuando este personaje fue despertado por una fuerte sacudida en su cama. En seguida pudo ver al viejo del sombrero de piel de gato, que le estaba mirando con el rostro muy encolerizado.

En el momento que el marino iba a saltar del lecho, el fantasma retrocedió, bufando como un felino rabioso, y no tardó en desaparecer por la pared. Seguidamente, pudieron escucharse muchos golpes violentos, dentro y fuera de la casa, hasta que un enorme trozo de yeso se desprendió del techo. Pero el espectro jamás volvió a reaparecer en aquel dormitorio.

Semanas más tarde, los esposos B... se alejaron de Londres, con el propósito de establecerse en Kingston. Y nunca más se tuvo noticias de la casa de Camden-Hill.

EL CRIMEN INVISIBLE

Catherine Crowe

En 1842, dentro del barrio de Marylebone, fue desplomado un antiguo edificio, el cual no había acogido ni un solo huésped en muchos años. Como sus dueños llevaban bastante tiempo sin cuidarse de ordenar que se efectuaran las convenientes reparaciones, ese desenlace pudo ser considerado lógico.

Por cierto, sus últimos moradores fueron el mayor W... y su esposa, sus tres hijos y su criado.

El mayor W... ocupaba un cargo importante en Intendencia. Desde hacía bastante tiempo venía insistiendo a sus superiores que le permitiesen cambiar de residencia (hemos de tener en cuenta que el alquiler del edificio se hallaba a cargo de la Intendencia.) Dado que la autorización se retrasaba, el mayor W... debió alegar, con el fin de justificar su insistencia, que el inmueble se encontraba "encantado de la forma más horrible".

Según se cuido de describir con todos los detalles, al parecer la puerta del salón principal era abierta espectacularmente, con gran estrépito. Acto seguido, se escuchaban ruidos de unas pisadas aceleradas, una ronca respiración; más tarde, dos o tres alaridos espeluznante y, por último, el terrible sonido de un cuerpo que era arrojado sobre el suelo.

Si se levantaban en aquel momento, encontraban, inevitablemente, todos los muebles de esa estancia volcados. Y muchos de los que se hallaban situados en el ángulo norte se veían con algunos de sus componentes rotos.

Para entonces parecía haberse restablecido el silencio propio de la noche; sin embargo, al cabo de un cuarto hora, se podía escuchar algo similar a un pataleo, un sollozo escalofriante y, finalmente, un estertor terrorífico.

Esto llevó a que el mayor W... ordenase a su familia que no entrase en el salón. Para hacer más patente la prohibición, ordenó que la puerta fuese clausurada. Seguidamente, envió un informe a Intendencia, que apoyó con las firmas del lugarteniente E..., el capitán S... y el comisario de víveres E...

En seguida se ordenó abrir una encuesta, gracias a la cual se pudo conocer un trágico suceso.

En el año 1825, aquel edificio había sido la vivienda del corredor de joyas C... y de su mujer. Precisamente ésta, acaso por ser mucho más joven que su esposo, mantenía una vida pecaminosa, a la vez que derrochaba el dinero a manos llenas.

A pesar de que el infortunado C... le perdonó en infinidad de ocasiones, los caprichos de la fémina no tenían freno, por mucho que jurase que iba a enmendarse. Además, no dejaba de verse envuelta en los mayores escándalos.

Por eso C... se entregó a la bebida, ya que le consumían los celos y le estaba matando la amargura.

Cierta mala noche, volvió a casa completamente borracho. Le movía la intención de acabar de la forma más drástica con todas sus desgracias.

Lo primero que hizo fue ir en busca de un trinchete de zapatero, buscó a su esposa y, luego, se arrojó sobre ella. Al verle, ésta huyó hacia el salón; sin embargo, C... la atrapó por un brazo y, con un solo golpe de su arma, la decapitó. Seguidamente, se quedó petrificado por el horror, lejos ya de la borrachera. Permaneció allí, inmóvil por las consecuencias de su crimen. Finalmente, se ahorcó en la araña del techo.

Desde aquel macabro instante, el horrible asesinato se venía reproduciendo cada noche, de una manera audible; sin embargo, jamás los aterrorizados testigos de los sonidos pudieron contemplar la más mínima aparición. Nada más que los ecos fantasmales, repitiéndose con exacta perfección.

Como la solicitud del mayor W... terminó por ser aceptada, el edificio quedó desocupado. Hasta aquel día que fue derribado por las piquetas de los demoledores.

UN ENGENDRO PEQUEÑO Y BLANCO

Catherine Crowe

En el mismo barrio de Marylebone existió, en otra época, un edificio ocupado por un engendro bastante especial.

Este fantasma nada más que surgía de una forma intermitente y en periodos de tiempo bastante distanciados.

La verdad es que nada más que se ocupaba la planta inferior de la casa, debido a que las demás habían sido alquiladas como oficinas. Sin embargo, todo el personal que trabajaba en las mismas se marchaba a las siete de la tarde.

Cierto día, el señor L..., que era agente de seguros, como tenía mucho trabajo pendiente, tomó la decisión de permanecer allí hasta altas horas de la noche. Le acompañaba su ayudante M.B., al que le había pedido ese favor.

A eso de la una de la madrugada, se sintieron dominados por el asombro al escuchar que alguien estaba llamando en la puerta de la oficina. Al momento se cuidó el subalterno de abrir, sin encontrar otra casa que el descansillo totalmente vacío. Pasados unos minutos, se repitieron los golpes; sin embargo, en este caso fueron en una de las ventanas, lo que a ambos les resultó más sorprendente, debido a que la oficina se hallaba situada en el tercer piso, con lo que la ventana se alzaba a una gran altura sobre un patio interior muy estrecho y profundo.

En esta ocasión fue el señor L... quien se encargó de ir personalmente a comprobar lo que estaba sucediendo. Abrió la ventana y, como la vez anterior, no encontró a nadie.

Poco más tarde se repitieron los golpes, aunque en esta ocasión en el interior del despacho. Parecían salir de una vitrina, cuyos cristales permanecían tapados por una cortina verde. En aquel mueble se guardaban los expedientes.

El señor L... y su ayudante no tuvieron necesidad de ir hasta la vitrina, ya que la puerta se abrió sola, con tanta fuerza que la totalidad de los expedientes cayeron al suelo.

Mientras tanto, los dos asustados personajes veían a una criatura espeluznante deslizarse velozmente por una de las paredes.

Aquel engendro no debía medir más de dos pies de alto, su piel ofrecía la enfermiza blancura de un cadáver, sus brazos y sus piernas aparecían cubiertos de viruela, a la vez que resultaban esqueléticos, y estaban rematados por unas manos y unos pies enormes. Su cabeza era inmensa y peluda; sin embargo, carecía de rostro, ya que lo sustituía una especie de hocico que brotaba del centro del conjunto para llenarlo por completo. El monstruo blanco dio seis o siete vueltas por el despacho con una rapidez inusitada, sin chocar con ningún mueble. Por último, se arrojó sobre la ventana, que estaba cerrada, para atravesar el cristal sin romperlo y desaparecer.

Como el señor L... y su ayudante se consideraban más curiosos que cobardes, decidieron montar guardia durante las noches sucesivas; pero el engendro blanco y pequeño no volvió a aparecer.

Unos seis meses más tarde, cuando el ayudante se disponía a dejar la oficina, luego de haber estado allí hasta la una de la madrugada, escuchó que alguien llamaba en la puerta, luego en la ventana y, al poco rato, en la vitrina.

En esta ocasión la vitrina se encontraba bien cerrada; pero el engendro pequeño y blanco escapó de allí, sin tener que abrir las puertas, y comenzó a deslizarse velozmente por las paredes. A pesar de sentirse muy aterrorizado, el señor B... hizo intención de atrapar a la diabólica criatura. Al segundo o tercer intento, logró ponerle la mano encima; sin embargo, sólo tocó el aire, es decir, "hundió sus manos en una aire helado que no tenía ninguna consistencia".

La tercera aparición tuvo lugar pocas semanas después, siempre a la misma hora de ir a cerrar la oficina luego de haber estado allí hasta la una de la madrugada. En esta ocasión se encontraban presentes el señor L..., su ayudante B... y el cliente M. W.

Singularmente, el engendro no había advertido su presencia con las consabidas series de golpes, incluso llegó a cambiar de táctica: prefirió quedarse inmóvil en uno de los ángulos de la chimenea. Nada más que su hocico se desplazaba de un lado a otro, como relamiéndose repugnantemente. El señor L... le tiró un libro, y el monstruo dio un salto extraordinario para esquivarlo y, luego, se desvaneció materialmente en el aire.

Al realizarse una encuesta en el barrio, se pudo conocer que, treinta años atrás, allí había fallecido una mujer al dar a luz a una criatura deforme, la cual sólo permaneció viva unos minutos.

A estos dos sucesos tan horribles debemos añadir un tercero, aunque lo haremos con ciertas reservas, ya que su simple recuerdo nos desconcierta. Sin embargo, las declaraciones de los señores L... y B... ante la policía fueron apoyadas, más tarde, por dos testigos que merecen todo nuestro crédito. Éstos últimos fueron el conocido investigador F... y el inspector de la vigilancia fluvial M...

Como el señor L... no ocultó los extraordinarios acontecimientos a los demás inquilinos del edificio, todos ellos se cuidaron de divulgarlos. Hasta que llegaron a los periódicos.

Esto dio origen a que interviniese la señora M..., residente en Bow, que pertenecía a una sociedad de investigaciones físicas y se había formado una gran reputación.

La señora M... se comprometió a terminar con las apariciones terroríficas del engendro pequeño y blanco. Lo más sorprendente fue oírle decir que estaba dispuesta a actuar sin cobrar recompensa alguna. Cuando se le dio la aprobación, exigió que estuvieran presentes unos testigos muy acreditados, que merecieran toda su confianza. Éstos fueron el señor L..., el señor B..., el investigados F... y el inspector M...

La noche establecida, la señora M... se encontraba provista de una gran cestilla, de la que hizo salir, en el momento preciso, un gato blanco, de esos que tienen los ojos rojizos. Contó que el animal era albino, por lo que podía brindar unos servicios muy eficaces en ciertas experiencias ocultas.

El felino comenzó a dar vueltas por el despacho, casi sin que nadie se lo ordenase. Olfateando las puertas, las ventanas y, por último, se detuvo ante la vitrina. Ante este mueble esperó, dando idea de que le interesaba en gran medida.

Entonces la señora M... solicitó a todos los presentes que permanecieran inmóviles y tranquilos. Nada más terminar de hablar, siempre en un tono muy bajo, abrió la vitrina.

Al mismo tiempo el gato ya estaba corriendo por las paredes a una velocidad inimaginable. Repentinamente, todos le vieron saltar sobre una presa invisible, con la que libró una lucha encarnizada. Todo este momento se prolongó por espacio de dos o tres minutos, que a los espectadores les parecieron siglos.

De pronto, se escuchó un rabioso gruñido, luego un alarido escalofriante, al que siguió un grito espeluznante... Con lo que aquellos infelices seres humanos estuvieron a punto de perder el sentido.

Poco a poco el gato se fue tranquilizando. Le vieron lamerse las patas y, acto seguido, como si se sintiera muy cansado, se metió en la cestilla sin que su ama se lo ordenara.

-El fantasma acaba de regresar al lugar de donde nunca debió salir -expuso la señora M... con un tono muy grave-. Puedo asegurarles que jamás volverá a molestarles.

No mintió, ya que el señor L... y el señor B... jamás volvieron a ser aterrorizados por el engendro pequeño y blanco.

LA TORRE ENCANTADA

Donatien Alphonse François de Sade

“El Marqués de Sade”

Donatien Alphonse François de Sade, más conocido como "el Marqués de Sade", nació en París en 1740. Hijo de aristócratas, llegó a ser capitán del ejército y conoció a fondo todas las debilidades de lo que llamaríamos "sociedad de la opresión". Aquellos eran tiempos en los que el poder absoluto estaba cometiendo tantos excesos, que no tardaría en provocar la Revolución.

Los estudiosos de Sade nos lo pintan como dos personalidades totalmente opuestas viviendo en un mismo cuerpo, como una especie de doctor Jekyll y mister Hyde. En efecto, si por un lado este autor era capaz de crear cuentos como el que incluimos en nuestra selección, donde la calidad literaria es excepcional, a la vez que ofrece una crítica de la monarquía medieval que podemos considerar moderada, por otra dio forma a unas obras totalmente agresivas, donde las pasiones humanas se observan dentro de una cloaca. En realidad los personajes tan monstruosos que Sade muestra, por ejemplo, en su novela *Los 120 días de Sodoma* existieron, sin embargo, al quedar encerrados en un infierno "pornográfico", donde las pasiones no pueden ser más exacerbadas, lo que se pretende es escandalizar en lugar de llevar a la reflexión. Por eso el escritor, cuyo apellido ha dado nombre a una perversión sexual, el sadismo, fue encarcelado por diferentes autoridades. Muchas de sus obras las debió escribir en papeles de envolver, que pasaba a sus amigos a escondidas.

Sade murió en 1814. Nunca dejó de ser un grandísimo escritor, que se anticipó a su tiempo con la mayoría de sus obras. Confiamos en que el relato que ofrecemos a continuación guste tanto como a quien lo ha elegido.

Rodrigo, monarca de España, el más lujurioso e imaginativo en el arte de variar sus placeres, utilizaba su cetro como el arma eficaz de su tiranía. Pero le faltaba coronar su fama de sanguinario poder decapitar a un niño de su rango. Por eso condenó sin ningún escrúpulo al único que podía satisfacer sus apetencias. No obstante, Anagilda, madre del elegido Sancho, del que Rodrigo era a la vez tío y tutor, tuvo la gran fortuna de anticiparse al complot que contra su hijo se planeaba. Al instante escapó a África, entregó a los árabes al legítimo heredero de la corona de España, les contó los planes homicidas que habían impulsado su huida, suplicó amparo y falleció, junto con el desgraciado infante, en el mismo momento que iba a ser ayudada generosamente.

Por aquellas fechas, Rodrigo ya únicamente se ocupaba de la satisfacción de sus apetitos. Y con el propósito de aumentar los motivos que alimentaban su lujuria, decidió secuestrar en su palacio a la totalidad de las hijas de sus súbditos de mayor alcurnia. Días más tarde, entre las bellas que daban unos testimonios de frescura y sinceridad a la morada putrefacta de aquel rey, Florinda, que sólo contaba dieciséis años, sobresalía entre sus hermanas de infortunio como la rosa sobre las demás flores. Era hija del conde Julián, al que Rodrigo había mandado a África para arruinar los planes de Anagilda; pero la muerte de ésta y de Sancho inutilizó la misión del conde, que pudo haber vuelto a la península de no haber sido por la hermosura de Florinda.

En el momento que el rey contempló a la deliciosa muchacha, supo que el retorno del padre obstaculizaría sus anhelos. En seguida le envió con un mensajero la orden de que siguiera en África. Después, le asaltaron las prisas por disfrutar de los placeres que se había asegurado. Y así dispuso que la bella Florinda fuese conducida a palacio, donde, más rápido en devorar manjares que en hacerse merecedor de ellos, culminó otro de sus grandes crímenes.

Sin embargo, la desesperación de la que ya no era doncella esquivó el refugio de la resignación. Pero, ignorando cómo informar a su padre sobre la afrenta que acababan de sufrir, recurrió a una sagaz alegoría de la que han dejado constancia los historiadores: confió al conde que el anillo que con tanto ahínco le aconsejó que asegurase bajo cuatro llaves, le había sido robado por el mismo monarca, el cual, habiéndose arrojado sobre ella portando una daga en la diestra, rompió la preciada alhaja cuyo deterioro irreparable jamás se podría lamentar lo suficiente, por lo que exigía una contundente represalia. Lo cierto es que la joven agonizó de angustia antes de conocer la respuesta. Mientras tanto, el conde Julián había entendido a la perfección el mensaje de su hija. Regresó a España y reunió a sus súbditos para informarles de la infamia. Todos le juraron fidelidad. De vuelta a África, el vengador hizo cómplices a los moros en el mismo empeño, basándose sobre todo en la hipótesis de que un tirano amigo de los mayores horrores no sería difícil de doblegar; además, les dibujó el rencor de los vasallos de aquel amo; resumiendo, se sirvió de todos los razonamientos propios de un ánimo cruelmente ofendido, y nadie le negó su ayuda.

El emperador Muza decidió la invasión en secreto con una pequeña expedición bélica, para cerciorarse de la validez de las afirmaciones del conde. Con estos guerreros se reagruparon los siervos encolerizados contra su rey; y todos ellos no tardaron en contar con nuevos ejércitos africanos. De una manera casi imperceptible, el sur de España se vio poblado de extranjeros. Mientras tanto, Rodrigo continuaba en sus aposentos. Por otra parte, ¿qué otra actitud podía adoptar? No disponía de los suficientes soldados, ni contaba con una ciudad fortificada, debido a que él mismo había impedido su construcción para que no sirviese de refugio a los enemigos de su tiranía sanguinaria. Y como saturación de sus desdichas, sus arcas ni siquiera guardaban una moneda de oro.

A la vez, la amenaza del moro iba en aumento, hasta que llegó el instante en que Rodrigo recordó la existencia de un viejo monumento, que las gentes llamaban la Torre Encantada, en cuyo interior se decía que podían encontrarse unas riquezas fabulosas. No lo pensó más. Marchó allí con la mayor celeridad; pero se tropezó con un portón de hierro, defendido con millares de cerraduras, en el dintel del cual se leía en caracteres griegos: "No te aproximes si te aterra la muerte." Rodrigo no retrocedió: aquellas eran sus propiedades y no contaba con otra posibilidad para obtener dinero. Ordenó que fuese abatido el obstáculo. Y así consiguió entrar donde quería.

Pero en los primeros peldaños de la lóbrega escalera le hizo frente un coloso de aspecto horripilante, que le colocó en el vientre la punta de una espada, a la vez que le gritaba:

-¡Quieto! ¡Si pretendes entrar aquí deberás hacerlo solo!

-¡No me importa! -replicó el monarca, dejando a sus hombres-. Busco dinero o la pérdida de mi vida...

-Es posible que veas satisfecha esas dos metas -contestó el fantasma, y el portón se cerró con gran estrépito.

Rodrigo avanzó sin que el coloso, que marchaba delante, se decidiera a hablarle. Después de un descenso de ochocientos escalones, se vieron en una gran estancia que se hallaba iluminada por una multitud de antorchas. En aquel lugar estaban concentrados la totalidad de los desgraciados que habían sido reos de los caprichos del tirano.

-¿Has olvidado a estos desdichados? -preguntó el coloso-. De esta forma deberían mostrarse a los déspotas todos sus crímenes. Hazte idea de los ríos de sangre que has hecho fluir al dar rienda suelta a tus viles pasiones. Ahora con una simple orden yo podría conceder la libertad a estos desesperados, para ofrecerles tu vida como satisfacción de su venganza.

-Eres muy libre de hacerlo -replicó el rey con orgullo-. No estoy aquí para dejarme impresionar por esa amenaza.

-Acompáñame -ordenó el coloso-, pues tu audacia es similar a la enormidad de tus crímenes.

Rodrigo salió de allí para entrar en otra estancia, en la cual su guía le mostró a todas las doncella desvirgadas por el maligno apetito de su lujuria: un primer grupo se mesaban los cabellos; un segundo estaba intentando clavarse unas dagas en el corazón; y un tercero, cuyas componentes ya se habían arrebatado la vida, flotaban en unas charcas de sangre. Entre estas infortunadas, el rey vio salir a Florinda, que apareció como aquel día que fue deshonrada.

-Tirano -dijo el hermoso espectro-, los asesinatos han invadido tu reino de feroces enemigos. Mi padre intenta vengarme, pero jamás me devolverá la pureza y la existencia, pues ambos méritos perdí por el capricho de tu lascivia. Volverás a encontrarme de nuevo, Rodrigo; pero desea que no llegue ese instante crucial, ya que se convertirá en el postrero de tu vida. Para mí ha sido reservado el honor de vengar a todas las deshonradas.

El orgulloso rey alejó la mirada y entró con su guía en una tercera estancia, donde se encontraba la pétrea representación del Tiempo. Éste empuñaba un martillo con el que golpeaba el suelo a cada momento, provocando un estrépito tan horrible que la totalidad de las paredes se veían estremecidas.

-Indigno monarca -clamó la figura de piedra-, tu maléfico empeño te ha traído a estos parajes. ¡Has de ser informado que no tardarás en verte derrotado por otros paises, y así pagarás tus homicidios!

De inmediato se alteró el escenario: los techos y las paredes se desvanecieron, y Rodrigo avanzó impulsado por una etérea fuerza, sin separarse de su guía, hasta llegar a las más altas cúpulas de Toledo.

-Mira tu destino -le ordenó el coloso.

El monarca vio a los ejércitos árabes librando feroz combate contra sus vasallos, y a éstos tan maltrechos que ni siquiera contaban con huidos.

-¿Cuál es tu decisión frente a este teatro auténtico? -inquirió el espectro.

-Deseo regresar al interior de la Torre -exigió el soberbio monarca-. Voy a conquistar las riquezas que oculta y, también, desafiaré, una vez más, a la suerte, pues este espectáculo no me obliga a anticipar mi fracaso.

-Acepto -dijo el coloso-; pero ten presente que te enfrentarás a terribles desafíos y no contarás con mi ayuda para animarte.

-Realizaré lo que sea necesario.

-Que así sea -replicó el guía-. No olvides que, a pesar de tu victoria y de que obtengas las riquezas que persigues, aún no se te otorgará el triunfo definitivo.

-¡Qué más da! Peor lo conseguiré si no tengo un poderoso ejército.

En un instante, Rodrigo se halló con su guía en las profundidades de la Torre, junto a la estatua del Tiempo.

-Aquí me separo de ti -advirtió el coloso mientras se desvanecía-; pide a esa figura que te indique el lugar donde se encuentran las riquezas que persigues.

-¿Qué ruta he de seguir? -preguntó el rey Rodrigo.

-Debes bajar a los infiernos.

-Ábrelos para que entre en ellos.

El suelo comenzó a temblar hasta que se agrietó. El español impulsivo se arrojó por una de las aberturas, cayendo a más de veinte mil metros de profundidad. Se puso en pie, miró a su alrededor y se encontró junto a una laguna llameante, por la que navegaban, en embarcaciones metálicas, unos seres escalofriantes.

-¿Deseas atravesar esa masa de agua hirviente? -le gritó uno de aquellos engendros.

-¿Debo hacerlo? -preguntó el monarca.

-En efecto, siempre que andes en busca del tesoro. Lo hallarás a treinta y ocho mil metros de este lugar, más allá de los desiertos del Tínaro. Ahora te encuentras junto al nacimiento del río Agraformikubos, que es uno de los dieciocho mil que atraviesan el averno.

-Llévame a la otra orilla.

Se adelantó uno de los navíos y él saltó a la ardiente barquilla, en la que ni siquiera pudo posar los pies sin brincar por las mordeduras del calor. El bote le llevó rápidamente a tierra firme, donde también dominaba una noche lóbrega. Después, siguiendo las indicaciones del monstruo que le había ayudado a desembarcar, el monarca siguió por un sendero cubierto de brasas y por caminos delimitados por árboles en llamas, de los que comenzaron a brotar unas fieras terribles. Lentamente el sendero se fue estrechando, y él ya únicamente pudo contemplar una gruesa viga de hierro que debía utilizar como puente si quería llegar, a unos doscientos metros de donde se encontraba, a la otra zona del territorio, que se veía distanciada por precipicios de mil doscientos metros de profundidad, en el fondo de los cuales se alargaban distintos brazos del caudal de fuego. Rodrigo valoró en un momento aquel acceso escalofriante y supo cuál sería su final si llegara a precipitarse. Nada le aseguraba el éxito.

"Luego de los riesgos que he superado -se dijo-, resultaría una cobardía si no me atreviese a seguir adelante... ¡Vamos allá!"

No obstante, cuando le quedaban cien pasos, la cabeza le jugó una mala pasada: en lugar de desviar los ojos de los riesgos que le rodeaban, los miró aterrorizado... Entonces perdió el equilibrio y cayó al abismo que se abría a sus pies.

Después de unos instantes de inconsciencia, se pudo levantar, sin entender cómo podía seguir vivo, y se dijo que si su caída había tenido un final tan feliz sólo podía deberse a la colaboración de un poder mágico. Recuperó su capacidad mental, y el primer motivo que atrajo su interés fue un pedestal de mármol negro, en el pudo leer: "Ánimo, Rodrigo, tu caída era imprescindible. El puente que no has llegado a superar es el signo de tu existencia. El hombre noble alcanza su destino sin enfrentarse a las calamidades, mientras que los homicidas, como tú, perecen. Continúa tu camino, no obstante, ya que tu arrojo y tu codicia te empujan. Nada más que te encuentras a doce mil metros de las riquezas. Camina seis mil hacia el norte de las Pléyades y la otra mitad frente al rostro de Saturno."

El monarca anduvo por las orillas de la corriente de llamas que serpenteaban de mil formas diferentes por aquella llanura estrecha. Una de sus curvas tortuosas le hizo detenerse en un lugar límite: el camino era imposible de continuar. Entonces, apareció un león terrorífico...

-Permíteme que atraviese este fuego sobre tu lomo -pidió a la bestia; al momento, ésta se posó a los pies del tirano, que la utilizó como montura sin ningún temor; y, en seguida, saltaron al río y llegaron a la orilla opuesta.

-Te he pagado bondad por maldad -añadió la fiera al marcharse.

-¿Qué estás diciendo? -preguntó Rodrigo.

-En mi figura se refleja el más mortífero de tus rivales. Tú me has acosado en el mundo y yo acabo de ayudarte en los infiernos... Tirano, en el caso de que logres mantener tus dominios, ten presente que un monarca sólo merece serlo cuando siembra la dicha entre sus súbditos, ya que el Eterno le ha situado sobre el resto de los humanos para que los socorra y no para que los transforme en juguetes de sus iniquidades.

-Rey de las bestias -exclamó Rodrigo-, estoy en la tierra para regalarme con esas pasiones que tú me reprochas, pues me resultan muy satisfactorias . ¿Quién soy yo para oponerme a mi naturaleza?

-¿Acaso desconoces lo que te aguarda en la otra existencia?

-¡Me trae sin cuidado! Es mi deber enfrentarme hasta al peor de los desafíos.

-Pues sigue tu destino, pero nunca olvides que tu meta se encuentra bastante próxima.

El monarca se puso en camino. No tardó en dejar atrás las orillas del río llameante, se adentró por una senda angosta, encajonada, entre rocas agudísimas cuyas cúspides perforaban las nubes; mientras, continuamente, se desplomaban enormes peñascos ante él, poniendo en peligro su supervivencia y cerrándole el paso. Se enfrentó a todos estos riesgos, y alcanzó, por fin, un valle extenso en el que la inexistencia de un sendero ponía freno a su angustiosa caminata. Deshecho por el agotamiento, la sed y el hambre se abandonó sobre un montón de arena. Luego, olvidándose de su soberbia, suplicó ayuda al coloso que le había guiado hasta los abismos que formaban el subsuelo de la Torre. Súbitamente, surgieron ante él seis calaveras humanas y un manantial de sangre manó bajo sus pies.

-¡Asesino! -vociferó una garganta desconocida sin que fuera capaz de identificar al ser que la poseía-, sírvete en el averno de los alimentos con los que te sacias en el mundo!

Al momento el altanero español se incorporó para reanudar su camino. Mientras, el río de sangre le seguía, aumentando su caudal progresivamente, y convirtiéndose en una ruta a tomar como rumbo en aquellos páramos desolados. Muy pronto empezaron a surgir sombras peregrinas sobre la roja superficie... y él las reconoció, ya que pertenecían a las deshonradas que había encontrado en las profundidades de la Torre Encantada.

-Este cauce de sangre es obra de tus crímenes -vociferó una de ellas-. Tirano, fíjate cómo nadamos en el líquido que nos daba la vida... ¿Por qué lo rechazas como bebida si en el mundo te gustaba hasta embriagarte? ¿Es que aquí te has vuelto más refinado que en medio de la maligna voluptuosidad de tu corte?

De pronto, unas serpientes de fabulosas proporciones brotaron del fondo del río y se incorporaron a los terrores nacidos de las sombras fantasmagóricas que sobrevolaban la superficie.

A lo largo de dos jornadas completas, Rodrigo estuvo bordeando aquellas orillas sangrientas, hasta que, por último, bajo la luz de un débil atardecer, descubrió el límite del valle. Lo cerraba un volcán descomunal y parecía irrealizable poder llegar al otro lado. A medida que se acercaba, le rodearon ríos de lava, contempló las más gigantescas piedras erupcionadas por el cráter, que se alzaban sobre las nubes. Pronto quedó vestido de cenizas, a la vez que era imposible seguir avanzando. Frente a este nuevo obstáculo, el monarca español invocó a su guía:

-Supera la montaña -aconsejó la voz que le había hablado anteriormente-, y hallarás unas criaturas con las que te resultará fácil entenderte.

¡Cuántas dificultades! Aquella cumbre en llamas, que vomitaba peñascos y fuego, parecía tener una altura cercana a los dos mil metros. La totalidad de sus caminos se veían delimitados por abismos inundados de lava. El rey de España hizo un cálculo visual de lo que le faltaba y, sirviéndose de un arrojo casi suicida, llegó al punto indicado. Todo lo que haya podido ser escrito queda empalidecido frente a las atrocidades que contempló Rodrigo. La entrada de aquel precipicio alucinante alcanzaba unos cincuenta metros de diámetro. Sabiendo que llovían rocas descomunales que le podían aplastar, abandonó aquel horno terrible y, encontrando al otro lado una suave cuesta, bajó por ella con la mayor velocidad. Entonces, se vio rodeado por unas manadas de bestias de formas pavorosas.

-¿Qué buscáis? -preguntó el monarca-. ¿Habéis venido para cumplir la misión de guías o para frenar definitivamente mi camino?

-Todos representamos tus pasiones homicidas -gritó un leopardo gigantesco-, las cuales te dominaban impidiendo que adivinaras sus consecuencias. Precisamente una de ellas te ha traído a estos parajes infernales donde nunca entró mortal alguno. Continúa hasta donde te conduce tu codicia; pero encontrarás otros rivales más poderosos que nosotros, frente a los que quizá acabes siendo derrotado. ¡Avanza, tirano, no dudes en atravesar el valle, pues todavía te faltan cuatro mil metros! Entonces sabrás lo que te aguarda al final...

-¡Mal veo mi suerte! -exclamó Rodrigo-. ¡Cómo recuerdo los mensajes de mis peores instintos, que me adulaban y me horrorizaban, por épocas, y a los que obedecía sin entenderlos!

El monarca caminó por un sendero bajo que le llevó, casi sin darse cuenta, ante la boca de una sima. En este punto, halló una inscripción que le empujó a entrar. No obstante, cuanto más adelantaba por aquel lugar, el sendero se iba estrechando a su alrededor. Al final, nada más que encontró ante él un pasillo de un metro de ancho, erizado de dagas. También éstas aparecían en el techo, y sus puntas afiladas le presionaban, hasta herirle. Su propia sangre le bañó todo el cuerpo. El ánimo ya se le debilitaba, cuando unas palabras tranquilizadoras le invitaron a seguir avanzando:

-Estás a punto de localizar el tesoro. Lo que pretendas hacer con éste es cosa tuya. Si las heridas del arrepentimiento te hubiesen maltratado en el momento que te envenenaban los halagos, seguro que ahora tendrías las arcas a rebosar. Continúa avanzando, hasta que no se cuente que tu soberbia te ha dejado y que ya ignoras el significado del valor. Éstos son los únicos méritos que te restan.

Rodrigo descubrió una zona de luz, el pasillo se hizo más ancho, dejó de hallarse bajo la amenaza de las dagas y se vio en la salida de la gruta. En este punto encontró una rápida corriente, en la que se hacía necesario contar con una embarcación. Localizó una canoa y no dudó en utilizarla. Seguidamente, unos momentos de tranquilidad vinieron a calmar sus desdichas, ya que el cauce por el que navegaba se encontraba sombreado por árboles de frutos apetitosos: uvas de moscatel, naranjas, melocotones, higos, ananás y cocos se ofrecían al alcance de sus manos. No desperdició el fresco alimento; al mismo tiempo, le regalaban los oídos la sinfonía de un millar de aves distintas, que volaban entre la espesura. Sin embargo, debido a los escasos goces que se le habían reservado aún tenían que combinarse con pesares sanguinarios, resultó lógico que la canoa alcanzase una velocidad inusitada. De pronto, surgió la amenaza de una catarata de altura abismal, y Rodrigo comprendió la causa de la rapidez con que estaba siendo transportado. Casi no disponía de tiempo suficiente para detenerse a pensar antes de que la embarcación se precipitara a más de mil metros de profundidad. Y allí volvió a escuchar la voz que ya le era conocida:

-¡Rodrigo, acabas de contemplar la denuncia de tus placeres homicidas, que crecían ante ti igual que esos frutos que durante un momento te han servido de alimento! Pero, ¿dónde te han conducido esos placeres? Monarca orgulloso, compruébalo: has caído, como la canoa, en un averno de martirio, que únicamente superarás para volver a desplomarte en seguida. Ahora prosigue el sendero tenebroso encajonado entre esas dos montañas, cuyas cimas desaparecen entre las nubes. En el otro extremo del desfiladero encontrarás lo que deseas.

-¡Oh, divina providencia! -exclamó Rodrigo-. ¿Vas a someterme durante toda la vida a este cruel rastreo?

Tenía la sensación de que habían transcurrido mil años desde que llegó a las entrañas de la tierra, a pesar de que sólo llevaba allí una semana. Pero el cielo, que no había cesado de contemplar desde que abandonó la caverna, se cubrió con las gasas más tétricas, alucinantes relámpagos rasgaron las nubes, y bramó el trueno, con lo que su estrépito se multiplicó en las altas cumbres que custodiaban el camino por el que se movía el monarca español. Continuamente las llamas del cielo, al incidir sobre las rocas, hacían caer inmensos peñascos que rodaban a los pies del infortunado Rodrigo; y una granizada terrible vino a unirse a tantos cataclismos. Millares de fantasmas, a cual más terrorífico, descendieron de las nubes llameantes para sobrevolarle, dándole cerco; y cada una de estas amenazas continuó ofreciéndole el reflejo de sus víctimas.

-Nos seguirás contemplando bajo mil formas distintas -amenazó una de ellas-, ¡y acudiremos a rasgarte el corazón para que lo devoren las furias!

La tormenta iba en aumento. A cada instante se desprendían de la bóveda celeste torbellinos llameantes; mientras, el horizonte se veía rasgado por relámpagos que estallaban y que se cruzaban en todas las direcciones. A derecha y a izquierda la tierra paría trombas de fuego, que se alzaban por los cielos y caían formando chubascos hirvientes. Nunca los elementos encorajinados ofrecieron unos terrores más sobrenaturales.

Guarecido tras una roca, Rodrigo se enfrentó a Dios sin suplicar ni arrepentirse. Se puso en pie, echó una mirada a su alrededor, acusó un escalofrío en medio de tantas catástrofes, y creyó que únicamente había motivos para proferir sus blasfemias:

-Criatura ilógica y sanguinaria, ¿cómo te atreves a acusarme cuando tu voluntad me muestra tanto caos y tantos cataclismos? Pero ¿dónde me encuentro y qué me espera sumergido en estas tinieblas?

-Fíjate en ese águila posada en el peñasco que utilizas como parapeto -gritó la voz que se había acostumbrado a escuchar-. Alcánzala, súbete en ella y serás conducido hasta donde ambiciona tu codicia.

El rey español lo hizo así, y a los pocos minutos se hallaba siendo transportado por el aire.

-Rodrigo -dijo el pájaro que le llevaba-, fíjate si tu vanidad se corresponde con la realidad... Ahí abajo se te ofrece el mundo entero. Contempla la pequeña porción del globo en la que gobernabas. ¿Valía la pena que te ensoberbeciera tu poder?

Con esta pregunta, el águila se posó en una de las cimas más altas de Asia.

-Ya estamos a cuatro mil metros del lugar donde te recogí -anunció el celeste cómplice de Júpiter-. Desciende por tu propio pie, pues en la base de la montaña se halla lo que deseas.

Y se alejó al instante. Rodrigo empleó bastante tiempo en abandonar aquella pared escarpada, para encontrarse frente a una cueva cerrada por una puerta enrejada, la cual estaba defendida por seis colosos de unos quince pies de estatura.

-¿Qué buscas aquí? -preguntó uno de los cancerberos.

-El tesoro que debe ocultarse en esa gruta.

-Antes has de vencernos a todos -replicó el coloso.

-Tal empresa no me intimida. ¡Ordena que se me equipe para el combate!

En seguida unos siervos armaron a Rodrigo, que atacó sin más pérdida de tiempo. Al primero le bastaron unos minutos para abatirle; le arremetió el segundo, y lo venció de la misma manera. Le llevó dos horas conseguir la victoria sobre todos sus rivales.

-Tirano -gritó la voz conocida-, disfruta de tus postreros laureles, ya que los triunfos que te aguardan en España no resultarán tan gozosos como éstos. Tu suerte ha sido óptima. ¡Ya es tuyo el tesoro de la gruta, pero únicamente te brindará la ruina!

-¿Es que se me ha permitido vencer para acabar derrotado?

-Basta de rastrear en la voluntad del Eterno, que siempre es inalterable. Confórmate con conocer que las fortunas insospechadas jamás suponen para el hombre otra cosa que el anuncio de sus infortunios.

La caverna se abrió, y en su interior Rodrigo encontró infinidad de riquezas. Súbitamente, un leve sopor se apoderó de sus sentidos. Y al volver a la realidad, se encontró frente a la entrada de la Torre Encantada, teniendo cerca a sus vasallos, y quince vagones repletos de oro. Abrazó a sus fieles, les dijo que nadie sería capaz de imaginar todo lo que él acababa de sufrir, y terminó queriendo saber cuánto tiempo había estado ausente.

-Trece días -le respondieron.

-¡Oh, justicia divina! -exclamó el monarca-. Creí que llevaba ahí dentro más de cinco años.

Nada más proferir esta frase, montó en un caballo andaluz y cabalgó hacia Toledo. Pero, en cuanto se había distanciado unos cien metros de la Torre, escuchó un estruendo pavoroso. Se dio la vuelta, y vio como aquel viejo monumento se proyectaba por los aires como una saeta; seguidamente, él también voló a su palacio. No debía perder más tiempo, ya que en todas las provincias las puertas de las ciudades se estaban abriendo ante el ímpetu del moro. Reclutó un poderoso ejército, cabalgó a su frente, encontró al enemigo en las cercanías de Córdoba, arremetió contra ellos y se entabló un combate que se prolongó durante ocho días. Fue el más sangriento que se hubiera conocido en las dos españas. En veinte ocasiones la caprichosa victoria pareció sonreír a Rodrigo, y en otras tantas se burló de él cruelmente. Al atardecer de la última jornada, en el instante en que habiendo reorganizado a su tropa, se hallaba dispuesto a cosechar el triunfo definitivo, hizo su presencia un valiente que desafió al monarca a librar un duelo a muerte.

-¿Cómo te atreves a buscar ese honor? -preguntó el rey español.

-Soy el jefe de los moros -respondió el héroe-. ¿Acaso la vida de los súbditos de un país ha de sucumbir por la codicia de sus amos? Si los monarcas combatiesen entre ellos cuando sus rivalidades se enconan, seguro que las guerras serían muy cortas. Elige campo, español soberbio, y mide tu lanza con la mía. El vencedor gozará de las mieles del triunfo definitivo. ¿Lo aceptas?

-Sí. Considero más favorable luchar contra un solo rival, como tú, que continuar enfrentándome a esa marea incontable de africanos.

-¿No me tienes por un enemigo peligroso?

-Nunca vi a un guerrero menos dotado.

-Te diré que me has vencido otra vez, Rodrigo, pero no te encuentras en el día de tu victoria. Lejos quedan los tiempos en los que te regalabas con malignas voluptuosidades, que desafiabas derramando la sangre de tus siervos y arrebatando el honor a sus hijas.

Al final de estos reproches, los dos contendientes eligieron sus respectivos terrenos; mientras los ejércitos mantenían su atención fija en ellos. Se acercaron el uno al otro, pelearon con empeño, se asestaron mandobles furioso; y, por último, Rodrigo mordió el polvo.

-Mira quien te ha derrotado, tirano, antes de agonizar -anunció el triunfador alzando su casco.

-¡Maldita seas! -gritó el monarca vencido.

-Estás temblando, cobarde. ¿Has olvidado que te advertí que volverías a ver a Florinda en el postrer momento de tu existencia? El cielo ofendido por tus crímenes me ha concedido el derecho de abandonar a los muertos para castigarte. ¡Contempla cómo a la que robaste su honra ahora destruye tu vanidad y tu lujuria! ¡Muere, oh príncipe desgraciado! ¡Qué en ti vean los reyes del mundo que sólo la virtud respalda el poder, y que el abuso de autoridad halla, tarde o temprano, un castigo implacable!

Nada más que Rodrigo expiró, los españoles huyeron, con lo que los árabes dominaron la totalidad de las provincias. Fue ésta la época en la que se adueñaron de casi toda la península. Hasta que una revolución más cercana a nuestro presente, originada por un crimen similar, les arrojó para siempre del territorio conquistado.

MAESE PÉREZ, EL ORGANISTA

Gustavo Adolfo Bécquer

El sevillano Gustavo Adolfo Bécquer nació en 1836, de donde captó la sensibilidad poética, que llevó a Madrid, aunque no pudiera manifestarla, todavía, porque necesitaba trabajar para vivir. Primero estuvo empleado como simple burócrata, hasta que se dedicó al periodismo. Cuando empezaba a sentir la herida de la tuberculosis dio comienzo a su gran obra literaria, en forma de poesías, como *Cartas desde mi celda*, o de prosa, como sus leyendas, entre las que destaca *Maese Pérez el organista*.

Bécquer inició la poesía moderna, sin olvidar el romanticismo, hasta el punto de influir en grandes autores como Antonio Machado o Juan Ramón Jiménez. Sus pocos años de vida, ya que fue abatido por la tuberculosis cuando sólo había cumplido los 34, impidieron el desarrollo de un poder de creación inimaginable. Hemos de tener en cuenta que este autor excepcional es considerado uno de los cinco grandes poetas de toda la Literatura en castellano. ¿Dónde hubiese llegado de haber podido vivir más tiempo? Por otra parte, casi toda su obra no fue conocida hasta después de su muerte, por eso siempre vivió en la precariedad por culpa de la enfermedad que le estaba consumiendo y por ciertas desavenencias familiares.

Si nos fijamos en el relato que hemos seleccionado, observaremos como Bécquer recurre a elementos de la ciudad de Sevilla que, a pesar de no pertenecer a su época, refleja con una autenticidad sorprendente. Luego hemos de destacar los diálogos, la forma de representar la música del órgano y cómo, de una forma sutil, se nos conduce a un desenlace de una espiritualidad "fantasmagórica" impresionante.

En Sevilla, en el mismo atrio de Santa Inés, y mientras esperaba que comenzase la Misa del Gallo, oí esta tradición a una demandadera del convento.

Como era natural, después de oírla, aguardé impaciente que comenzara la ceremonia, ansioso de asistir a un prodigio.

Nada menos prodigioso, sin embargo, que el órgano de Santa Inés, ni más vulgar que los insulsos motetes que nos regaló su organista aquella noche.

Al salir de la misa no pude por menos de decirle a la demandadera con aire de burla:

-¿En qué consiste que el órgano de maese Pérez suene ahora tan mal?

-¡Toma! -me contestó la vieja-. En que éste no es el suyo.

-¿No es el suyo? ¿Pues qué ha sido de él?

-Se cayó a pedazos, de puro viejo, hace una porción de años.

-¿Y el alma del organista?

-No ha vuelto a aparecer desde que colocaron el que ahora le sustituye.

Si a alguno de mis lectores se le ocurriese hacerme la misma pregunta después de leer esta historia, ya sabe por qué no se ha continuado el milagroso portento hasta nuestros días.

I

-¿Veis ése de la capa roja y la pluma blanca en el fieltro, que parece que trae sobre su justillo todo el oro de los galeones de las Indias; aquel que baja en este momento de su litera para dar la mano a esa otra señora, que después de dejar la suya se adelanta hacia aquí, precedida de cuatro pajes con hachas? Pues ése es el marqués de Moscoso, galán de la condesa viuda de Villapineda. Se dice que antes de poner sus ojos sobre esta dama había pedido en matrimonio a la hija de un opulento señor; mas el padre de la doncella de quien se murmura que es un poco avaro... Pero, ¡calle!, en hablando del ruin de Roma, catale aquí que asoma. ¿Veis aquel que viene por debajo del arco de San Felipe, a pie, embozado en una capa oscura y precedido de un solo criado con una linterna? Ahora llega frente al retablo.

"¿Reparasteis, al desembozarse para saludar a la imagen, la encomienda que brilla en su pecho?

"A no ser por ese noble distintivo, cualquiera le creería una lonjista de la calle de Culebras... Pues ése es el padre en cuestión; mirad cómo la gente del pueblo le abre paso y le saluda.

"Toda Sevilla le conoce por su colosal fortuna. Él solo tiene más ducados de oro en sus arcas que soldados mantienen nuestro señor el rey Don Felipe y con sus galeones podría formar una escuadra suficiente para resistir a la del Gran Turco.

"Mirad, mirad ese grupo de señores graves: ésos son los caballeros veinticuatro. ¡Hola, hola! También está aquí el flamencote, a quien se dice que no han echado ya el guante los señores de la cruz verde merced a su influjo con los magnates de Madrid... Éste no viene a la iglesia más que a oír música... No, pues si maese Pérez no le arranca con su órgano lágrimas como puños bien se puede asegurar que no tiene su alma en su almario, sino friéndose en las calderas de Pedro Botero... ¡Ay, vecina! Malo..., malo... Presumo que vamos a tener jarana; yo me refugio en la iglesia, pues, por lo que veo, aquí van a andar más de sobra los cintarazos que los Paternóster. Mirad, mirad: las gentes del duque de Alcalá doblan la esquina de la plaza de San Pedro, y por el callejón de las Dueñas se me figura que he columbrado a las de Medinasidonia... ¿No os lo dije?

"Ya se han visto, ya se detienen unos y otros, sin pasar de sus puestos... Los grupos se disuelven... Los ministriles, a quienes en estas ocasiones apalean amigos y enemigos, se retiran... Hasta el señor asistente, con su vara y todo, se refugia en el atrio... ¡Y luego dicen que hay justicia! Para los pobres...

"Vamos, vamos, ya brillan los broqueles en la oscuridad... ¡Nuestro Señor del Gran Poder nos asista! Ya comienzan los golpes... ¡Vecina, vecina! Aquí..., antes que cierren las puertas. Pero, ¡calle! ¿Qué es eso? ¿Aún no ha comenzado cuando lo dejan? ¿Qué resplandor es aquél? ¡Hachas encendidas! ¡Literas! Es el señor arzobispo...

"La Virgen Santísima del Amparo, a quien invocaba ahora mismo con el pensamiento, lo trae en mi ayuda. ¡Ay! ¡Si nadie sabe lo que yo debo a esta Señora!... ¡Con cuánta usura me paga la candelilla que le enciendo los sábados!... Vedlo, qué hermosote está con sus hábitos morados y su birrete rojo... Dios le conserve en su silla tantos siglos como deseo de vida para mí. Si no fuera por él media Sevilla hubiera ya ardido con estas disensiones de los duques. Vedlos, vedlos, los hipocritones cómo se acercan ambos a la litera del prelado para besarle el anillo... Cómo le siguen y le acompañan, confundiéndose con sus familiares. Quién diría que esos dos que parecen tan amigos, si dentro de media hora se encuentran en una calle oscura... Es decir, ¡ellos..., ellos!..., y si se buscaran con ganas de encontrarse, se encontrarían, poniendo fin de una vez a estas reyertas en las cuales los que verdaderamente baten el cobre de firme son sus deudos, sus allegados y su servidumbre.

"Pero vamos, vecina, vamos a la iglesia antes que se ponga de bote en bote... que algunas noches como ésta suele llenarse de modo que no cabe ni un grano de trigo... Buena ganga tienen las monjas con su organista... ¿Cuándo se ha visto el convento tan favorecido como ahora?... De las otras comunidades puede decir que le han hecho a maese Pérez proposiciones magníficas; verdad que nada tienen de extraño, pues hasta el señor arzobispo le ha ofrecido montones de oro por llevarle a la catedral... Pero él, nada... Primero dejaría la vida por abandonar su órgano favorito... ¿No conocéis a maese Pérez? Verdad es que sois nueva en el barrio... Pues es un santo varón; pobre, sí, pero limosnero cual no otro... Sin más parientes que su hija ni más amigo que su órgano pasa su vida entera en velar por la inocencia de la una y componer los registros del otro... ¡Cuidado que el órgano es viejo!... Pues, nada, él se da tal maña en arreglarlo y cuidarlo que suena que es una maravilla... Como que le conoce de tal modo que a tientas..., porque no sé si os lo he dicho, pero el pobre señor es ciego de nacimiento... Y ¡con qué paciencia lleva su desgracia!... Cuando le preguntan que cuánto daría por ver, responde: "Mucho, pero no tanto como creéis, porque tengo esperanzas." "¿Esperanzas de ver?" "Sí, y muy pronto -añade, sonriéndose como un ángel-: ya cuento setenta y seis años; por muy larga que sea mi vida, pronto veré a Dios..."

"¡Pobrecito! Y sí lo verá..., porque es humilde como las piedras de la calle, que se dejan pisar de todo el mundo... Siempre dice que no es más que un pobre organista de convento, y puede dar lecciones de solfa al mismo maestro de la capilla de la Primada; como que echó los dientes en el oficio... Su padre tenía la misma profesión que él; yo no le conocí, pero mi señora madre, que santa gloria haya, dice que se lleva siempre al órgano consigo para darle a los fuelles. Luego el muchacho mostró tales disposiciones que, como era natural, a la muerte de su padre heredó el cargo... ¡Y qué manos tiene! Dios se las bendiga. Merecería que se las llevaran a la calle de Chicharreos y se las engarzasen en oro... Siempre toca bien, siempre; pero en semejante noche como ésta es un prodigio... Él tiene una gran devoción por esta ceremonia de la Misa del Gallo, y cuando levantan la Sagrada Forma, al punto y hora de las doce, que es cuando vino al mundo Nuestro Señor Jesucristo..., las voces de su órgano son voces de ángeles...

"En fin, ¿para qué tengo que ponderarle lo que esta noche oirá? Baste el ver cómo todo lo más florido de Sevilla, hasta el mismo señor arzobispo, vienen a un humilde convento para escucharle; y no se crea que sólo la gente sabida y a la que se le alcanza esto de la solfa conocen su mérito, sino hasta el populacho. Todas esas bandadas que veis llegar con teas encendidas, entonando villancicos con gritos desaforados al compás de los panderos, las sonajas y las zambombas, contra su costumbre, que es la de alborotar las iglesias, callan como muertos cuando pone maese Pérez las manos en el órgano... Y cuando alzan..., cuando alzan, no se siente una mosca..., de todos los ojos caen lagrimones, tamaños, y al concluir se oyó como un suspiro inmenso, que no es otra cosa que la respiración de los circunstantes, contenida mientras dura la música... Pero vamos, vamos, ya han dejado de tocar las campanas y va a comenzar la misa; vamos adentro...

"Para todo el mundo es esta Nochebuena, pero para nadie mejor que para nosotros."

Esto diciendo, la buena mujer que había servido de cicerone a su vecina atravesó el atrio del convento de Santa Inés, y codazo en éste, empujón en aquél, se internó en el templo, perdiéndose entre la muchedumbre que se agolpaba en la puerta.

II

La iglesia estaba iluminada con una profusión asombrosa. El torrente de luz que se desprendía de los altares para llenar a sus ámbitos chispeaba en los ricos joyeles de las damas que, arrodillándose sobre los cojines de terciopelo que tendían los pajes y tomando el libro de oraciones de manos de las dueñas, vinieron a formar un brillante círculo alrededor de la verja del prebisterio. Junto a aquella verja, de pie, envuelto en sus capas de color galoneadas de oro, dejando entrever con estudiado descuido las encomiendas rojas y verdes, en la una mano el fieltro, cuyas plumas besaban los tapices; la otra sobre los bruñidos gavilanes del estoque o acariciando el pomo del cincelado puñal, los caballeros veinticuatro, con gran parte de lo mejor de la nobleza sevillana, parecían formar un muro, destinado a defender a sus hijas y a sus esposas del contacto de la plebe. Ésta, que se agitaba en el fondo de las naves, con un rumor parecido al del mar cuando se alborota, prorrumpió en una aclamación de júbilo, acompañada del discordante sonido de las sonajas y los panderos, al mirar aparecer al arzobispo, el cual, después de sentarse junto al altar mayor bajo un solio de grana que rodearon sus familiares, echó por tres veces la bendición al pueblo.

Era la hora de que comenzase la misa.

Transcurrieron, sin embargo, algunos minutos sin que el celebrante apareciese. La multitud comenzaba a rebullirse, demostrando su impaciencia; los caballeros cambiaban entre sí algunas palabras a media voz y el arzobispo mandó a la sacristía uno de sus familiares a inquirir el porqué no comenzaba la ceremonia.

-Maese Pérez se ha puesto malo, muy malo, y será imposible que asista esta noche a la misa.

Ésta fue la respuesta del familiar.

La noticia cundió instantáneamente entre la muchedumbre. Pintar el efecto desagradable que causó en todo el mundo sería cosa imposible; baste decir que comenzó a notarse tal bullicio en el templo que el asistente se puso en pie y los alguaciles entraron a imponer silencio, confundiéndose entre las apiñadas olas de la multitud.

En aquel momento un hombre mal trazado, seco, huesudo y bisojo por añadidura se adelantó hasta el sitio que ocupaba el prelado.

-Maese Pérez está enfermo -dijo-; la ceremonia no puede empezar. Si queréis yo tocaré el órgano en su ausencia; que si maese Pérez es el primer organista del mundo ni a su muerte dejará de usarse ese instrumento por falta de inteligente...

El arzobispo hizo una señal de asentimiento con la cabeza, y ya alguno de los fieles que conocían a aquel personaje extraño por un organista envidioso, enemigo del de Santa Inés, comenzaban a prorrumpir en exclamaciones de disgusto, cuando de improviso se oyó en el atrio un ruido espantoso.

-Maese Pérez está aquí... ¡Maese Pérez está aquí!...

A estas voces de los que estaban apiñados en la puerta todo el mundo volvió la cara.

Maese Pérez, pálido y desencajado, entraba, en efecto, en la iglesia, conducido en un sillón, que todos se disputaban el honor de llevar en sus hombros.

Los preceptos de los doctores, las lágrimas de su hija, nada había sido bastante a detenerle en el lecho.

-No -había dicho-; ésta es la última, lo conozco, lo conozco, y no quiero morir sin visitar mi órgano, y esta noche sobre todo, la Nochebuena. Vamos, lo quiero, lo mando; vamos a la iglesia.

Sus deseos se habían cumplido; algunos concurrentes le subieron en brazos a la tribuna y comenzó la misa.

En aquel momento sonaban las doce en el reloj de la catedral.

Pasó el Introito, y el Evangelio, y el Ofertorio, y llegó el instante en el que el sacerdote toma con la extremidad de sus dedos la Sagrada Forma y después de haberla consagrado comienza a elevarla.

Una nube de incienso que se desenvolvía en ondas azuladas llenó el ámbito de la iglesia; las campanillas repicaron con un sonido vibrante y maese Pérez puso sus crispadas manos sobre las teclas del órgano.

Las cien voces de sus tubos de metal resonaron en un acorde majestuoso y prolongado, que se perdió poco a poco, como si de una ráfaga de aire hubiese arrebatado sus últimos ecos.

A este primer acorde, que parecía una voz que se elevaba desde la tierra al cielo, respondió otro lejano y suave que fue creciendo, creciendo, hasta convertirse en un torrente de atolondrada armonía.

Era la voz de los ángeles que, atravesando los espacios, llegaba al mundo.

Después comenzaron a oírse unos himnos distantes que entonaban las jerarquías de serafines; mil himnos a la vez, al confundirse, formaban uno solo, que, no obstante, era no más el acompañamiento de una extraña melodía, que parecía flotar sobre aquel océano de misteriosos ecos, como un jirón de niebla sobre las olas del mar.

Luego fueron perdiéndose unos cantos, después otros; la combinación se simplificaba. Ya no eran más de dos voces cuyos ecos se confundían entre sí; luego quedó una aislada, sosteniendo una nota brillante como un hilo de luz... El sacerdote inclinó la frente, y por encima de su cabeza cana y como a través de una gasa azul que fingía el humo del incienso apareció la Hostia a los ojos de los fieles. En aquel instante la nota que maese Pérez sostenía trinando, se abrió, se abrió, y una explosión de armonía gigante estremeció la iglesia, en cuyos ángulos zumbaba el aire comprimido y cuyos vidrios de colores se estremecían en sus angostos ajimeces.

De cada una de las notas que formaban aquel magnífico acorde se desarrolló un tema, y unos cerca, otros lejos, éstos brillantes, aquéllos sordos, diríase que las aguas y los pájaros, las brisas y las frondas, los hombres y los ángeles, la tierra y los cielos cantaban cada cual en su idioma un himno al nacimiento del Salvador.

* * *

La multitud escuchaba atónita y suspendida. En todos los ojos había una lágrima, en todos los espíritus un profundo recogimiento.

El sacerdote que oficiaba sentía temblar sus manos, porque Aquel que levantaba en ellas. Aquel a quien saludaban hombres y arcángeles era su Dios, era su Dios, y le parecía haber visto abrirse los cielos y transfigurarse la Hostia.

El órgano proseguía sonando, pero sus voces se apagaban gradualmente como una voz que se pierde de eco en eco y se aleja y se debilita al alejarse cuando de pronto sonó un grito de mujer.

El órgano exhaló un sonido discorde y extraño, semejante a un sollozo, y quedó mudo.

La multitud se agolpó a la escalera de la tribuna, hacia la que, arrancados de su éxtasis religioso, volvieron la mirada con ansiedad todos los fieles.

-¿Qué ha sucedido? ¿Qué pasa? -se decían unos a otros. Y nadie sabía responder y todos se empeñaban en adivinarlo, y crecía la confusión y el alboroto comenzaba a subir de punto, amenazando turbar el orden y el recogimiento propios de la iglesia.

-¿Qué ha sido eso? -preguntaban las damas al asistente, que, precedido de los ministriles, fue uno de los primeros en subir a la tribuna, y que, pálido y con muestras de profundo pesar, se dirigía al puesto en donde le esperaba el arzobispo, ansioso, como todos, por saber la causa de aquel desorden.

-¿Qué hay?

-Que maese Pérez acaba de morir.

En efecto, cuando los primeros fieles, después de atropellarse por la escalera, llegaron a la tribuna, vieron al pobre organista caído de boca sobre las teclas de su viejo instrumento, que aún vibraba sordamente, mientras su hija, arrodillada a sus pies, le llamaba en vano entre suspiros y sollozos.

III

-Buenas noches, mi señora doña Baltasara: ¿también usarced viene esta noche a la Misa del Gallo? Por mi parte, tenía hecha intención de irla a oír a la parroquia; pero lo que sucede... ¿Dónde va Vicente? Donde va la gente. Y eso que, si he de decir verdad, desde que murió maese Pérez parece que me echan una losa sobre el corazón cuando entro en Santa Inés... ¡Pobrecito! ¡Era un santo!... Yo de mí sé decir que conservo un pedazo de su jubón como una reliquia, y lo merece, pues en Dios y en mi ánima que si el señor arzobispo tomara a mano en ello es seguro que nuestros nietos le verían en los altares... Mas, ¡cómo ha de ser!... A muertos y a idos no hay amigos... Ahora lo que priva es la novedad... Ya me entiende usarced. ¡Qué! ¿No sabe nada de lo que pasa? Verdad, que nosotros nos parecemos en eso: de nuestra casita a la iglesia y de la iglesia a nuestra casita, sin cuidarnos de lo que se dice o déjase de decir... Sólo que yo, así... al vuelo..., una palabra de acá, otra de acullá..., sin ganas de enterarme siquiera, suelo estar al corriente de algunas novedades... Pues, sí, señor, parece cosa hecha que el organista de San Román, aquel bisojo, que siempre está echando pestes de los otros organistas, aquel perdulariote, que más parece jifero de la puerta de la Carne que maestro de solfa, va a tocar esta Nochebuena en lugar de maese Pérez. Ya sabrá usarced, porque esto lo ha sabido todo el mundo y es cosa pública en Sevilla, que nadie quería comprometerse a hacerlo. Ni aun su hija, que es profesora, y después de la muerte de su padre entró en el convento de novicia. Y era natural: acostumbrados a oír aquellas maravillas cualquier otra cosa había de parecernos mala, por más que quisieran evitarse las comparaciones. Pues cuando ya la comunidad había decidido que, en honor del difunto y como muestra de respeto a su memoria, permanecería callado el órgano en esta noche, hete aquí que se presenta nuestro hombre diciendo que él se atreve a tocarlo... No hay nada más atrevido que la ignorancia... Cierto que la culpa no es suya, sino de los que le consienten esta profanación...; pero así va el mundo...; y digo, no es cosa la gente que acude...; cualquiera diría que nada ha cambiado desde un año a otro. Los mismos personajes, el mismo lujo, los mismos empellones en la puerta, la misma animación en el atrio, la misma multitud en el templo... ¡Ay si levantara la cabeza el muerto se volvería a morir por no oír su órgano tocado por manos semejantes! Lo que tiene que, si es verdad lo que me han dicho las gentes del barrio, le preparan una buena al intruso. Cuando llegue el momento de poner la mano sobre las teclas va a comenzar una algarabía de sonajas, panderos y zambombas que no haya más que oír... Pero, ¡calle!, ya entra en la iglesia el héroe de la función. ¡Jesús, qué ropilla de colorines, qué gorguera de cañutos, qué aires de personaje! Vamos, vamos, que ya hace rato que llegó el arzobispo y va a comenzar la misa.,.. Vamos, que me parece que esta noche va a darnos que contar para muchos días.

Esto diciendo la buena mujer, que ya conocen nuestros lectores por sus exabruptos de locuacidad, penetró en Santa Inés, abriendo, según costumbre, camino entre la multitud a fuerza de empellones y codazos.

Ya se había dado principio a la ceremonia.

El templo estaba tan brillante como el año anterior.

El nuevo organista, después de atravesar por en medio de los fieles que ocupaban las naves para ir a besar el anillo del prelado, había subido a la tribuna, donde tocaba unos tras otros los registros del órgano con una gravedad tan afectada como ridícula.

Entre la gente menuda que se apiñaba a los pies de la iglesia se oía un rumor sordo y confuso, cierto presagio de que la tempestad comenzaba a fraguarse y no tardaría mucho en dejarse sentir.

-Es un truhán, que no hace nada bien, ni siquiera mira a derechas -decían los unos.

-Es un ignorantón, que, después de haber puesto el órgano de su parroquia peor que una carraca, viene a profanar el de maese Pérez -decían los otros.

Y mientras éste se desembarazaba del capote para prepararse a darle de firme a su pandero y aquél apercibía sus sonajas y todos se disponían a hacer bulla a más y mejor, sólo algunos que otro se aventuraba a defender tibiamente al extraño personaje, cuyo porte orgulloso y pedantesco hacía tan notable contraposición con la modesta apariencia y la afable bondad del difunto maese Pérez.

Al fin llegó el esperado momento, el momento solemne en que el sacerdote, después de inclinarse y murmurar algunas palabras santas, tomó la Hostia en sus manos... Las campanillas repicaron, semejando su repique una lluvia de notas de cristal; se elevaron las diáfanas ondas de incienso y sonó el órgano.

Una estruendosa algarabía llenó los ámbitos de la iglesia en aquel instante y ahogó su primer acorde.

Zampoñas, gaitas, sonajas, panderos, todos los instrumentos del populacho, alzaron sus discordantes voces a la vez; pero la confusión y el estrépito sólo duró algunos segundos. Todos a la vez, como había comenzado, enmudecieron de pronto.

El segundo acorde, amplio, valiente, magnífico, se sostenía brotando de los tubos de metal del órgano como una cascada de armonía inagotable y sonora.

Cantos celestes como los que acarician los oídos en los momentos de éxtasis; cantos que percibe el espíritu y no los puede repetir el labio; notas sueltas de una melodía lejana, que suenan a intervalos, traídas en las ráfagas del viento; rumor de hojas que se besan en los árboles con un murmullo semejante al de la lluvia; trinos de alondras que se levantan gorjeando de entre las flores como una saeta despedida a las nubes; estruendos sin nombre, imponentes como los rugidos de una tempestad; coros de serafines sin ritmo ni cadencia, ignota música del cielo, que sólo la imaginación comprende; himnos alados, que parecían remontarse al trono del Señor como una tromba de luz y de sonidos..., todo lo expresaban las cien voces del órgano con más pujanza, con más misteriosa poesía, con más fantástico color que lo habían expresado nunca...

* * *

Cuando el organista bajo de la tribuna la muchedumbre que se agolpó en la escalera fue tanta y tanto su afán por verle y admirarle que el asistente, temiendo, no sin razón, que le ahogaran entre todos, mandó a algunos de sus ministriles para que, vara en mano, le fueran abriendo camino hasta llegar al altar mayor, donde el prelado le esperaba.

-Ya veis -le dijo este último cuando le trajeron a su presencia-: vengo de mi palacio aquí sólo por escucharos. ¿Seréis tan cruel como maese Pérez, que nunca quiso excusarme el viaje, tocando la Nochebuena en la misa de la catedral?

-El año que viene -respondió el organista- prometo daros gusto, pues por todo el oro de la tierra no volvería a tocar este órgano.

-¿Y por qué? -interrumpió el prelado.

-Porque... -añadió el organista, procurando dominar la emoción que se revelaba en la palidez de su rostro-, porque es viejo y malo y no puede expresar todo lo que se quiere.

El arzobispo se retiró, seguido de sus familiares. Unas tras otras, las literas de los señores fueron desfilando y perdiéndose en las revueltas de las calles vecinas; los grupos del atrio se disolvieron, dispersándose los fieles en distintas direcciones, y la demandadera se disponía a cerrar las puertas de la entrada del atrio cuando se divisaban aún dos mujeres que, después de persignarse y murmurar una oración ante el retablo del arco de San Felipe, prosiguieron su camino, internándose en el callejón de las Dueñas.

-¿Qué quiere usarced, mi señora doña Baltasara? -decía la una-, yo soy de este genial. Cada loco con su tema... Me lo habían de asegurar capuchinos descalzos y no lo creería del todo... Ese hombre no puede haber tocado lo que acabamos de escuchar... Si yo lo he oído mil veces en San Bartolomé, que era su parroquia, y de donde tuvo que echarle el señor cura por malo, y era cosa de taparse los oídos con algodones... Yo me acuerdo, pobrecito, como si le estuviera viendo, me acuerdo de la cara de maese Pérez cuando en semejante noche como ésta bajaba de la tribuna después de haber suspendido el auditorio con sus primores... ¡Qué sonrisa tan bondadosa, que color tan animado!... Era viejo y parecía un ángel... No que éste ha bajado las escaleras a trompicones, como si ladrase un perro en la meseta, y con un color de difunto y unas... Vamos, mi señora doña Baltasara, créame usarced, y créame con todas veras..., yo sospecho que aquí hay busilis.

Comentando las últimas palabras, las dos mujeres doblaban la esquina del callejón y desaparecían.

Creemos inútil decir a nuestros lectores quién era una de ellas.

IV

Había transcurrido un año más. La abadesa del convento de Santa Inés y la hija de maese Pérez hablaron en voz baja, medio ocultas entre las sombras del coro de la iglesia. El esquilón llamaba a voz herida a los fieles desde la torre, y alguna que otra rara persona atravesaba el atrio silenciosamente y desierto esta vez, y después de tomar el agua bendita en la puerta escogía un puesto en un rincón de las naves, donde unos cuantos vecinos del barrio esperaban tranquilamente que comenzara la Misa del Gallo.

-Ya lo veis -decía la superiora-: vuestro temor es sobremanera pueril; nadie hay en el templo; toda Sevilla acude en tropel a la catedral esta noche. Tocad vos el órgano y tocadle sin desconfianza de ninguna clase; estaremos en comunidad... Pero... proseguís callando, sin que cesen vuestros suspiros. ¿Qué os pasa? ¿Qué teméis?

-Tengo... miedo -exclamó la joven con un acento profundamente conmovido.

-¡Miedo! ¿De qué?

-No sé... de una cosa sobrenatural... Anoche, mirad, yo os había oído decir que teníais empeño en que tocase el órgano en la misa y, ufana con esta distinción, pensé arreglar sus registros y templarle, a fin de que hoy os sorprendiese... Vine al coro... sola..., abrí la puerta que conduce a la tribuna... En el reloj de la catedral sonaba en aquel momento una hora..., no sé cuál... Pero las campanadas eran tristísimas y muchas..., muchas...; estuvieron sonando todo el tiempo que yo permanecí como clavada en el dintel, y aquel tiempo me pareció un siglo.

"La iglesia estaba desierta y oscura... Allá lejos, en el fondo, brillaba, como una estrella perdida en el cielo de la noche, una luz moribunda..., la luz de la lámpara que arde en el altar mayor... A sus reflejos debilísimos, que sólo contribuían a hacer más visible todo el profundo horror de las sombras, vi... le vi, madre, no lo dudéis, vi un hombre que en silencio y vuelto de espaldas hacia el sitio en que yo estaba recorría con una mano las teclas del órgano mientras tocaba con la otra de una manera indescriptible. Cada una de sus notas parecía un sollozo ahogado dentro del tubo de metal, que vibraba con el aire comprimido en su hueco, y reproducía el tono sordo, casi imperceptible, pero justo.

"Y el reloj de la catedral continuaba dando la hora y el hombre aquel proseguía recorriendo las teclas. Yo oía hasta su respiración.

"El horror había helado la sangre de mis venas; sentía en mi cuerpo como el frío glacial; y en mis sienes, fuego... Entonces quise gritar, pero no pude. El hombre aquel había vuelto la cara y me había mirado...; digo mal, no me había mirado, porque era ciego... ¡Era mi padre!"

-¡Bah!, hermana, desechad esas fantasías con las que el enemigo malo procura turbar las imaginaciones débiles... Rezad un Paternóster y una Ave María al Arcángel San Miguel, jefe de las milicias celestiales, para que os asista contra los malos espíritus. Llevad al cuello un escapulario tocado en la reliquia de San Pacomio, abogado contra las tentaciones, y marchad, marchad a ocupar la tribuna del órgano: la Misa va a comenzar, y ya esperan con impaciencia los fieles. Vuestro padre está en el cielo, y desde allí antes de daros sustos, bajará a inspirar a su hija en esta ceremonia solemne, para el objeto de tan especial devoción.

La priora fue a ocupar su sillón en el coro en medio de la comunidad. La hija de maese Pérez abrió con mano temblorosa la puerta de la tribuna para sentarse en el banquillo del órgano, y comenzó la Misa.

Comenzó la Misa y prosiguió sin que ocurriese nada de notable hasta que llegó la Consagración. En aquel momento sonó el órgano y al mismo tiempo que el órgano un grito de la hija de maese Pérez.

La superiora, las monjas y algunos de los fieles corrieron a la tribuna.

-¡Miradle, miradle! -decía la joven fijando sus desencajados ojos en el banquillo, de donde se había levantado asombrada para agarrarse con sus manos convulsas al barandal de la tribuna.

Todo el mundo fijó sus miradas en aquel punto. El órgano estaba solo, y, no obstante, el órgano seguía sonando..., sonando como sólo los arcángeles podrían imitarlo en sus raptos de místico alborozo.

* * *

-¿No os lo dije yo una y mil veces, mi señora doña Baltasara, no os lo dije yo?... ¡Aquí hay busilis...! Oídlo; qué, ¿no estuvisteis anoche en la Misa del Gallo? Pero, en fin, ya sabréis lo que pasó. En toda Sevilla no se habla de otra cosa... El señor arzobispo está hecho, y con razón, una furia... Haber dejado de asistir a Santa Inés; no haber podido presenciar el portento... ¿Y para qué? Para oír una cencerrada; porque las personas que lo oyeron dicen que lo que hizo el dichoso organista de San Bartolomé, en la catedral, no fue otra cosa... Si lo decía yo. Eso no puede haberlo tocado el bisojo, mentira... Aquí hay busilis; y el busilis era, en efecto, el alma de maese Pérez.

LAS AVENTURAS DE THIBAUD DE LA JACQUIÈRE

Charles Nodier

Charles-Emmanuele Nodier nació en 1780. Hombre de una gran cultura, sus primeros libros los dedicó a la entomología. Sin embargo, en el momento que se instaló en París se entregó al ensayo, con obras como *Pensées de Shakespeare* y, luego, se dedicó por completo a la novela, que trató de una forma que podemos considerar clásica.

No le sucedió lo mismo al comenzar a escribir cuentos o relatos, porque entonces se fijó en el mundo interior de los hombres. Le importaba mucho el origen de las pasiones, la evolución de las conductas y, sobre todo, los sueños como una especie de deformación de la realidad, sin dejar de ponerla en evidencia. También se interesó por el destino, que interpretó como un sendero que estamos obligados a recorrer aunque no lo deseemos, atados a nuestros compromisos, que nunca podemos creer que dejarán de pagar una factura. Esto queda muy claro en los dos relatos que incluimos en nuestro libro.

Por último, es interesante resaltar que Nodier fue el pionero en Francia, lo mismo que en casi toda Europa, de los argumentos en los que el sueño y la locura se hallan entrelazados, con lo que se anticipó al sicoanálisis. Este creador murió en 1844.

Jacques de la Jacquière fue elegido preboste de la ciudad debido a su generosidad y a la gran fortuna que había acumulado, sin dañar su honra y fama, a pesar de su condición de mercader. Jamás había dejado sin limosna a un pobre o sin ayuda a quien se la solicitaba.

Sin embargo, su hijo único Thibaud de la Jacquière era muy diferente, ya que se había convertido en un granuja contumaz, capaz de obtener las mejores ventajas de su belleza física. Se contaba que no había ventana de moza que no hubiera asaltado, ni hombre de armas del rey con el que no hubiese cruzado infinidad de juramentos y blasfemias. Precisamente, era oficial de estandarte en el ejército real. Allí por donde pasaba, ya fuese París, Fontainebleau u otras ciudades, siempre era recordado por sus perversiones.

Hasta que un día el rey, que era Francisco I, al sentirse harto de escuchar tantas críticas sobre la conducta del arrogante Thibaud, le mando de regreso a Lyon, a la mansión de sus padres, con el propósito de que le educasen mejor. Por aquellas fechas el generoso preboste residía en la plaza de Bellecour.

Ajeno a lo ocurrido, recibió a su hijo con el mayor entusiasmo. Hasta organizó un gran banquete, al que asistió toda la familia. Una vez consumidos los postres, se brindó porque Thibaud actuase en el futuro como un joven sensato, cauto y fiel cristiano. No obstante, estos votos tan nobles al arrogante no le causaron la menor impresión; añadiremos algo más: le provocaron un gran enfado. Por este motivo alzó una copa de oro, que antes había llenado de vino, y exclamó:

-¡Divina muerte del supremo Satanás! ¡Te ofrezco con esta bebida, tan roja como mi sangre, mi propia alma para que me la arrebates si alguna vez llegó a ser más hombre de bien de lo que soy actualmente!

Al escuchar estas palabras todos los presentes se escandalizaron. Al momento se santiguaron como si estuvieran ante el mismo diablo, y no tardaron en abandonar la casa del preboste. Thibaud los siguió al poco tiempo, para ir a pasear por la plaza de Bellecour, donde terminó encontrándose con dos de sus viejos compinches, que eran tan malvados como él. Los tres se abrazaron efusivamente y, poco más tarde, ya estaban bebiendo en casa del preboste.

A partir de aquel momento, el joven arrogante se entregó a una vida disoluta, sin importarle estar amargando la existencia de su padre. Hasta que éste decidió encomendarse a san Jaime, su patrón de siempre, a cuyos pies encendió un cirio de diez libras, que había sido adornado con un par de abrazaderas de oro, cada una de las cuales pesaba unos cinco mares. Sin embargo, al ir a colocar bien la ofrenda, se le cayó el cirio al suelo, con lo que arrastró una lámpara de plata, que ya estaba ardiendo ante la imagen del santo. El infeliz interpretó el suceso como el peor de los presagios, por este motivo regresó a su mansión abatido y casi llorando.

Aquel mismo día, Thibaud invitó de nuevo a sus dos compinches. En el instante que comenzaba a caer la tarde, salieron a dar un paseo por la plaza de Bellecour y por las calles más próximas, a la espera de encontrar un motivo que les divirtiese. Sin embargo, cuando la noche se había vuelto muy oscura, comprendieron que no verían a muchacha o mujer a la que importunar.

Al sentirse muy impaciente por lo que consideraba un fracaso, Thibaud gritó igual que una fiera rabiosa:

-¡Divina muerte del gran Satanás! ¡Juro que pondré mi alma, y toda mi sangre, en tus manos, si la suprema diablesa, tu hermosa hija, aparece aquí mismo y consiente ser amada y gozada por mí!

La sacrílega proclama enfadó en gran manera a sus dos compinches, debido a que nunca se habían considerado tan perversos como para llegar a ese extremo. Al final, uno de ellos comentó:

- Mi estimado compañero, ten en cuenta que Satanás, al ser el peor enemigo de los seres humanos, ya nos causa los suficientes males, sin que tú debas provocarle al utilizar su nombre de esa manera.

No obstante, el maligno Thibaud replicó furioso:

-Aunque no te lo creas, estoy dispuesto a cumplir mi promesa al pie de la letra.

Poco más tarde, vieron aparecer por una calle cercana a una joven señora, que llevaba la cara tapada con un velo, el cual no ocultaba su gracia y su fascinante hermosura. Un servidor negro le acompañaba. Y éste dio un tropezón, cayó al suelo y se le rompió la linterna que había sostenido con la mano derecha. Esto supuso que ella quedase desconcertada, sin saber qué hacer de lo asustada que se sentía. Thibaud corrió a su lado, y se ofreció a ayudarle haciendo gala de la educación propia de un conquistador: ofrecer su brazo para acompañarla a casa. La joven dama dudó unos momentos, hasta que consintió. Entonces, el arrogante se volvió hacia sus compinches y les susurró:

-Cómo estáis viendo, Satanás ha tardado muy poco en responder a mi invocación... ¡Buenas noches, compañeros!

La pareja de malvados entendió fácilmente lo que se les decía, de ahí que se alejaran sin dejar de reír.

Mientras tanto, Thibaud volvía a ofrecer su brazo a la bella dama. Juntos comenzaron a andar por las calles oscuras. El pequeño servidor negro iba detrás, llevando apagada la linterna. Quizá fuese esto lo que mantenía tan inquieta a la joven, lo que le obligaba a detenerse, sin dejar de suspirar. Pero al contar con una ayuda tan segura, se fue reponiendo lentamente. Por último, se sujetó con fuerza al brazo de Thibaud y, acto seguido, cada vez que parecía dar un paso en falso, hacía más estrecho el contacto entre los cuerpos.

Sin embargo, como caminaron durante tanto tiempo, Thibaud comenzó a pensar que se habían perdido por las callejas de los suburbios de Lyon. Idea que no le desagradó del todo, ya que estaba seguro de que al final podría conquistar a la bellísima desconocida. Para ello necesitaba conocer algo sobre su identidad, por eso le invitó a tomar asiento en un banco de piedra que encontraron en medio de una plaza solitaria. Ella aceptó; y los dos quedaron muy juntos. Thibaud cogió una mano de la fémina y, después, le suplicó con esa galantería tan suya que le confiase quién era. La joven se mostró extrañada, al principio; sin embargo, dando muestras de que casi se hallaba recuperada de su anterior indecisión, comenzó a contar:

-Mi nombre es Orlandine. Bueno, era así como me llamaban las pocas gentes que compartían conmigo el castillo de Sombre, que está situado en los Pirineos. En esos parajes al principio nada más que me comunicaba con una señora de compañía, que era medio sorda, y con una sirvienta tartamuda del todo, a la que más le hubiese valido ser muda debido a la imposibilidad de mantener una charla con ella, por corta que fuese. También había allí un portero ciego. Os diré que este hombre tenía muy poco trabajo, ya que sólo abría la puerta del castillo una vez al año. Entonces aparecía un caballero, que llegaba a mi lado y me acariciaba el rostro, sin dejar de hablar con mis dos acompañantes. Por cierto, de las palabras que se cruzaban no podía enterarme, ya que utilizaban el vascuence, que yo he tardado mucho en conocer. Cómo agradezco a Dios que se me hubiera enseñado a hablar en el momento que fui encerrada en aquella prisión, ya que estoy convencida de que allí me hubiese vuelto muda. En lo que se refiere al portero, únicamente le podía ver en el momento que nos pasaba la comida por entre las rejas de la única ventana de nuestras míseras habitaciones. Si he de seros sincera, la señora que hacía de ama de llaves, se cuidaba de gritarme al oído unas singulares lecciones de moral, que me dejaban más confusa que antes. Por ejemplo, si me hablaba de los peligros del matrimonio, nunca tenía la precaución de explicarme antes qué era el matrimonio. Además, mi criada se empeñaba, con demasiada frecuencia, en querer contarme sucesos que ella consideraba muy importantes; sin embargo, al no poder continuar más allá de la segunda frase, debido a su tartamudez, debía callarse a los pocos minutos. Luego se alejaba pidiéndome disculpas, aunque, a los pocos días, volvía a intentar narrarme no sé qué historias, de las que sólo podía enterarme de las primeras palabras.

"Ya le he hablado de un caballero que venía a visitarme una vez al año. En el momento que alcancé la edad de quince años, este personaje me sacó del castillo, para meterme en una carroza. Iba conmigo mi señora de compañía. Creo que estuvimos viajando unos tres días seguidos. En la tercera noche, más bien sería el crepúsculo, dejamos la carroza. Parece que estoy viendo ahora al personaje que abrió la puerta y nos informó de lo siguiente:

"-Acaban de llegar ustedes a la plaza de Bellecour. Ahí delante tienen la casa del preboste Jacques de la Jacquière. ¿Dónde quieren que las lleve?

"-A la primera puerta cochera de esta calle, precisamente la que se encuentra al lado de la mansión del preboste -indicó mi señora de compañía."

Entonces, Thibaud cayó en la cuenta de que la bella desconocida se estaba refiriendo a la casa del señor Sombre, que era un gentilhombre con fama de ser muy celoso.

-Así que entramos en esa puerta cochera -siguió diciendo Orlandine-. Precisamente allí hay una gran escalera de mármol, por la que subimos para llegar a unas espléndidas habitaciones; después recorrimos un pasillo muy oscuro, que nos condujo a una escalera de caracol. Por ésta accedimos a una torre bastante elevada, cuyas ventanas alguien había ocultado con unas gruesas cortinas verdes. El lugar se hallaba bien iluminado. Luego de indicarme que me acomodase en una lujoso butaca tapizada de negro terciopelo, mi señora de compañía puso en mis manos su rosario, diciéndome que yo estaba obligada a emplear la mayor parte de mi tiempo en la oración y en realizar obras de caridad. Por último, salió de allí, no sin antes cerrar la puerta con dos vueltas de llave.

"En el momento que me encontré sola, arrojé al suelo el rosario, busqué unas pequeñas tijeras que llevaba ocultas en mi corsé y, acto seguido, procuré hacer varias aberturas en una de las cortinas verdes que tapaban la ventana de la torre. Pero me cuidé de que pudieran quedar bien disimuladas, ya que pretendía dejar una especie de "mirador". Gracias a éste, cierta noche pude contemplar, a través de una de las ventanas de la casa del preboste, como en una estancia bien iluminada estaban cenando tres jóvenes caballeros y tres señoritas. Todos no cesaban de cantar, beber, reír, abrazarse y juntar sus bocas en unos contactos muy apretados..."

Como Orlandine aportó algunos otros datos sobre aquella escena que pudo ver, Thibaud a punto estuvo de romper a reír, ya que acababa de escuchar la descripción de una de las frecuentes orgías que él se cuidaba de montar en casa de su padre, siempre que éste abandonaba la ciudad durante varios días.

-Me hallaba yo tan ensimismada con todo lo que aquellos caballeros y señoritas hacían -siguió contando Orlandine-, cuando escuché, de pronto, que alguien abría la puerta de mi habitación. Rápidamente recogí el rosario del suelo y me senté en la butaca. Pronto tuve delante a mi señora de compañía. Ésta me cogió de la mano, sin hablar, y me condujo hasta la carroza. Una vez nos acomodamos en el interior de la misma, cruzamos toda la ciudad. Precisamente, nos detuvimos en una cabaña que ha sido construida en uno de los barrios de las afueras. El lugar está muy bien amueblado y resulta bastante acogedor, como podréis comprobar personalmente, ya que pronto estaremos allí. Mi negro servidor acaba de encender la linterna, y podrá guiarnos por el mejor camino.

-¡Oh, mi hermosa dama perdida! -dijo el arrogante Thibaud, a la vez que besaba galantemente una mano de la joven-. Me encantaría saber si vive usted sola en esa cabaña.

-Sí, allí ni siquiera se encuentra mi vieja señora de compañía -contestó la joven-. Este negrito vive en una casita cercana. Le diré que el caballero que me llevó hasta allí, acaba de enviarme un mensaje para que me reúna con él dentro de unas dos horas. Me espera en casa de una de sus hermanas. Dado que le resultaba imposible mandarme su carroza, ya que la necesitaba para ir a recoger a un sacerdote, tomé la decisión de ir a pie. Pero, en el momento que mi señora de compañía y yo íbamos por una calle cercana a donde usted y yo nos encontramos, un sujeto me agarró de un brazo para dedicarme una serie de piropos. Dado que mi acompañante es sorda, pensó que el extraño me estaba ofendiendo, por lo que comenzó a gritarle que me dejase en paz. Como estuvo insultándole durante bastante tiempo, llegaron allí varias personas, algunas de las cuales intervinieron con sus opiniones. Esto dio pie a un gran tumulto. Dado que sentí miedo, no dudé en escapar de allí. Mi servidor negro me siguió corriendo. Por eso tropezó y rompió la linterna. Un suceso que usted debió presenciar ya que fue a coincidir con nuestro encuentro. Así me cupo el honor de conocerle...

Thibaud se sintió tan halagado que se dispuso a contestar con una galantería; pero tuvo que callarse ante la llegada del pequeño servidor negro. En seguida se pusieron en camino, para entrar en la cabaña aislada a los pocos minutos. Antes el servidor había abierto la puerta con una llave que llevaba sujeta en el cinturón.

Toda aquella casa había sido amueblada con lujo, pues entre los muebles construidos con maderas nobles, destacaban unos sillones tapizados de terciopelo de Genes con franjas rojas. Al fondo se veía un lecho espacioso cubierto de muaré de Venecia. Como es lógico, la decoración sólo retuvo la atención de Thibaud unos segundos, ya que todo su interés de conquistador se hallaba centrado en la bellísima Orlandine.

En aquel instante el pequeño negro sirvió la cena en una mesa, que antes había cubierto con un mantel dorado. Mientras realizaba este trabajo, el arrogante hijo del preboste se pudo dar cuenta de que aquel personaje no era un jovencito, sino un viejo enano, de piel negra y con el rostro más horrible del mundo. Precisamente, semejante engendro llegó ante ellos llevando una bandeja, en la que portaba cuatro perdices bien cocinadas y una botella de un caro vino. La pareja se sentó ante la mesa.

No había tomado Thibaud nada más que unos pedazos de carne, a la vez que bebió unos sorbos de vino, cuando advirtió que su sangre se había transformado en una especie de lava de volcán, necesitada de erupcionar de la forma más rápida. Fue cono si estuviera siendo poseído por una fuerza sobrenatural. Al mismo tiempo, Orlandine no dejaba de observarle con el rostro muy tranquilo, dando cuenta de una perdiz. En ocasiones sonreía candorosamente; mientras que otras sus ojos parecían estar llenos de perversidad. Dos situaciones tan dispares, que el joven conquistador no supo interpretar. Por último, volvió a aparecer el negro servidor, retiró la comida y el mantel y, al momento, se alejó como lo hacen las sombras. En aquel preciso instante, ella cogió la mano derecha de Thibaud y le susurró:

-Dígame, mi precioso caballero, ¿ha preparado usted algún plan para que los dos pasemos esta velada? Bueno, en vista que no se decide, permita que someta a su opinión una idea que acaba de ocurrírseme. En la otra pared se encuentra un espejo. Vamos a ponernos enfrente, así jugaremos a realizar comparaciones, con las que yo acostumbraba a divertirme en el castillo de Sombre. Me entretenía mucho comprobar que mi señora de compañía resultaba tan distinta a mí. Ahora deseo comprobar en cuantas cosas nos diferenciamos usted y yo.

En el acto Orlandine colocó unas sillas delante del gran espejo. Acto seguido, se atrevió a aflojar el ancho lazo que Thibaud llevaba en el cuello; al mismo tiempo, le decía:

-Tiene usted una garganta bastante parecida a la mía. También nos parecemos en las espaldas. Sin embargo, si nos fijamos en los pechos, ¡cómo se acentúa nuestra diferencia! El año pasado mi pecho casi era similar al suyo, pero engordé y adquirió otras proporciones... ¿Verdad que ahora resulta más bello? ¡Vamos, quítese el cinturón, el jubón y todos esos cordones... Quédese desnudo, como yo lo estaré dentro de unos segundos...!

Thibaud ya fue incapaz de aguantar ni un momento más. Cogió a la mujer por la cintura y la dejó caer sobre el lecho, que seguía cubierto con el muaré de Venecia. Más tarde, al encontrarse cabalgando sobre su presa se consideró el hombre más dichoso de la tierra. Sin embargo, la sensación de dominio, unida al placer, le duró el tiempo de un relámpago...

Porque acusó el impacto de unas garras afiladas que se clavaban en su espalda. Entonces se dio cuenta de lo infeliz que había sido... Preso de la impotencia, debido a que una repentina debilidad le había obligado a rodar sobre la cama, comenzó a vociferar suplicando ayuda a Orlandine... Sin embargo, ésta ya no se encontraba cerca. En su lugar contempló un conjunto de formas repulsivas, diabólicas y espectrales...

-Ya no soy la dama que tú conociste -musitó el monstruo, con una voz brotada de las negruras de ultratumba-. ¡Llamame Satanás!

En un postrera reacción defensiva Thibaus pretendió pronunciar el nombre de Jesús... ¡Pero su enemigo se le anticipó al morderle la garganta con unas fauces de lobo hambriento, con lo que le seccionó las cuerdas bucales de una sola dentellada...!

A la mañana siguiente, unos vendedores de legumbres, que marchaban al mercado de Lyon, escucharon unos lamentos en el momento que pasaban junto a una granja abandonada. Allí mismo se encontraba el vertedero de la ciudad. Entraron en el lugar, para encontrarse con el cuerpo de Thibaud, agonizando sobre el cadáver de un animal corrompido. Luego de ponerse unos pañuelos sobre las bocas y las narices, para soportar mejor el hedor nauseabundo, llevaron el cuerpo del infeliz a casa del preboste.

El desgraciado caballero de la Jacquière identificó a su hijo nada más verle, por eso ordenó que lo depositaran en una cama. En el momento que lo dejaron tumbado, pareció recobrar la lucidez mental, ya que susurró una frase:

-Por favor, abran la puerta de esta casa a ese santo ermitaño que viene a socorrerme...

Al principio ninguno de los presentes consiguió comprender lo que estaba diciendo. Tuvo que ser el preboste quien corriera para abrir la puerta del dormitorio, por la que pudo entrar un anciano religioso, el cual solicitó humildemente que le dejaran a solas con el agonizante Thibaud. Así lo hicieron los mercaderes y el padre del infeliz ex conquistador.

Acto seguido, pudieron escuchar la voz del ermitaño dando consejos al joven que ya nunca sería arrogante, exhortándole. También oyeron los susurros del infeliz Thibaud. En el mismo instante que se apagaron las palabras, los tres entraron en el dormitorio. Sorprendentemente, el religioso había desaparecido; sin embargo, sobre el lecho se encontraba el cadáver del hijo del preboste, el cual tenía un crucifijo entre las manos.

EL VALLE DEL HOMBRE MUERTO

Charles Nodier

En 1561, el camino que unía Bergerac con Périgueux no presentaba, ni siquiera la décima parte, de la belleza actual. El inmenso bosque de castaños, que todavía sigue creciendo en sus laterales, resultaba más amplio y salvaje, lo mismo que los senderos eran más angostos y retorcidos. En el mismo sitio donde hoy se extiende la carretera, como si unas fuerzas sobrenaturales lo hubiesen suspendido sobre una honda garganta, se encontraba lo que entonces recibía el nombre de Valle del Ermitaño. Por otra parte, la pendiente de la montaña que llevaba al valle ofrecía una conformación tan agreste y peligrosa, que ni los más aventureros se atrevían a recorrerla ni siquiera de día.

La fecha primera de noviembre, festividad de Todos los Santos, aquella carretera se hallaba completamente inhabilitada a eso de las ocho de la noche, debido a que al riesgo que siempre había presentado se unieron una serie de dificultades naturales. Una lluvia silbante y helada, combinada con nieve y granizo, había oscurecido el cielo por completo. Esto provocaba que no se pudiera distinguir nada a pocos metros de distancia, a la vez que se confundían las tinieblas ambientales con la negrura de la tierra. Todo esto se unía con una serie de estruendos naturales y artificiales, capaces de provocar que se le erizase el cabello a todo aquel que se atrevía a abandonar su casa.

Mientras tanto, el huracán se iba incrementando paulatinamente, arrastrándose por todos aquellos parajes como lo haría un gigante moribundo o un ejército de ancianos quejumbrosos, que al sentirse heridos mortalmente, suplicaran una ayuda que nadie fuese capaz de brindarles. Y no se podía saber de dónde provenían aquellas sollozos apocalípticos, si de las mismas nubes o de los desfiladeros de las montañas, ya que entre las tinieblas parecían rodar las protestas de los bosques, los mugidos enloquecidos de los establos, el ácido crepitar de las hojas secas al ser azotadas por los torbellinos de viento, y el crujido de los árboles antes de ser abatidos por la tempestad. Todo aquel fragor se diría que había sido organizado por el mismo diablo.

Ese valle oscuro y vacío de existencia que mencioné anteriormente dejaba ver en uno de sus parajes, formando un contraste espectacular al compararlo con el resto, una luminosidad estable, a la vez que ancha y brillante, toda la cual se alargaba hacia las alturas de la misma forma que lo haría el penacho de un volcán; y de la puerta abierta por completo, que permitía la entrada a aquel paraje, se fugaba un tropel de carcajadas capaces de llenar de entusiasmo a la más amarga de las desgracias. Estamos describiendo el taller de Santos Oudard, el herrero, que ya había cumplido los cuarenta y seis años sin verse amenazado por ningún tipo de enemigos, por eso era capaz de festejar lleno de entusiasmo el aniversario de su santo ante el resplandor de sus fraguas y acompañado de sus operarios, todos ellos enturbiados por el goce de la comida y el buen vino.

Nunca nos atreveríamos a acusar a Santos de estar quebrantando la solemnidad de las fiestas más respetables del año, al estar herrando los cascos de un caballo o terminando de arreglar una rueda, ya que podía verse obligado por culpa de algún inesperado accidente sufrido por un comerciante perdido en aquellas tierras tan inhóspitas. De ser así, todos sabían que el herrero jamás cobraba su trabajo.

Allí las forjas y los hornos nunca se apagaban ni unos minutos, tampoco en las fiestas más importantes, ya que se utilizaba como una especie de faro, especialmente durante las fechas más tenebrosas del invierno, que servía de referencia a los caminantes que se extraviaban. Todos los cuales siempre eran bien recibidos en la casa de Santos. Por este motivo, cuando los habitantes se referían a la casa del herrero, hijo del noble anciano Tiphaine, le daban el nombre del Refugio de la Caridad.

En aquellos momentos Santos estaba entrando en una enorme cocina, próxima a la forja principal, donde se asaban unas piezas de venado y ave. El fuego que se empleaba allí resultaba blanco y de llamas muy vivas, capaces de causar la envidia del horno más fuerte, bajo la ancha campana de una antigua chimenea, que parecía haber sido forjada por el mismo Vulcano un día que sintió el deseo de regalar a la humanidad con una de sus mejores obras.

-La cosa marcha de maravilla -comentó el noble Santos, hablando con una vieja que permanecía sentada sobre una banqueta, en un extremo de la chimenea, y cuyas facciones serias, sin que esto les restase dulzura, resplandecían con el añadido de un candil de cobre que alguien había colocado sobre una consola labrada y bastante oscurecida por el paso del tiempo y el efecto del humo-. Me han dicho que los niños acaban de meterse en la cama, y que el delicioso conjunto de chiquillas del valle os viene a hacer tan animada compañía como es habitual en la fiesta que está a punto de dar comienzo. Que Dios me castigue si consiento que seáis molestada con el griterío de esa juventud, pues ensordecidos vuestros oídos, desde hace tiempo, por el fragor de los yunques, tardarían en poder amoldarse a unos gritos propios de fieras. Hace un rato que he enviado a los niños al dormitorio, donde sus chillidos no llegarán hasta aquí. Ahora os suplico, querida madre, que me enviéis, con una criada, un plato de esos menudillos que estáis preparando. Elegid a la más seria y formal que podáis localizar, si eso fuera posible. No obstante, procurad reservar los mejores bocados para los infelices viajeros que la tempestad pudiera traer hasta nuestra casa. En lo que concierne a vuestras cariñosas amigas, no os importe obsequiarlas con lo que gustéis, mejor con castañas asadas a la brasa, que regaréis generosamente con ese vino blanco, tan fresco al haberse extraído hace poco de la mejor cuba. Pero dejadlo con la espuma, para que apetezca más beberlo. En el momento que se acabe, indicádmelo, que iré a sacar algo más... No me atrevería a encargaros que os cuidaseis de tantas tareas, querida madre -siguió Santos, a la vez que se enjugaba una lágrima mientras abrazaba a la anciana-, si mi amada Escolástica siguiera con nosotros; pero el Señor ha consentido que siga aquí otra madre, como es usted para mis hijos, a la vez que una ayuda providencial para toda la casa.

-Las cosas funcionarán como tú lo pides, mi respetado Santos -dijo la señora Huberta, tan emocionada como su propio hijo por el recuerdo alimentado con las últimas palabras que acababa de escuchar-. Procura animarte, porque los que siguen la fiesta te quieren ver bien recompuesto. No olvides que las horas corren muy de prisa. En el momento que las campanas del monasterio anuncien el rezo de las primeras oraciones por los difuntos, ya dispondremos del tiempo necesario para recordar a tu mujer. Alégrate ahora, y no te preocupes de tus invitados. En este momento veo que llegan otros dos, bienvenidos sean, a los cuales nos encargaremos de complacer en todo lo que necesiten, a la espera de que se muestren tan indulgentes para disculpar los pobres recursos que podremos ofrecerles.

-Qué Dios les acompañe -replicó Santos, a la vez que saludaba a los recién llegados, a los que no había visto hasta aquel momento-. ¡Cómo deseo que se encuentren en medio de nosotros como en el seno de su propia familia! Querida madre, contadles esas historias bulliciosas que usted sabe, ya que les aliviará la espera, y no ahorréis alimentos y bebidas, ya que casa del buen obrero cada día amanece con un pan.

Seguidamente, dio un nuevo abrazo a su madre y se alejó.

El par de hombres de los que había hablado la anciana Huberta se incorporaron rápidamente, queriendo responder a la cortesía de Santos, y luego se volvieron a sentar, para permanecer inmóviles y sin hablar, en el otro extremo de la chimenea.

El primero ofrecía todo el aspecto de un personaje educado, ya que vestía un jubón negro de herretes, sobre el que montaba una ancha gorguera blanca de pliegues gruesos perfectamente almidonados; llevaba las piernas cubiertas más arriba de las rodillas, donde le llegaba la capa de paño; y abajo quedaban las polainas de cuero provistas de vueltas; y, a todo lo anterior, lo acompañaba con un sombrero calado, adornado con una pluma flotante que hacía sombra sobre sus ojos. Gracias a su barba afilada y canosa se podía saber, además, que era un hombre entrado en años, fornido, cuyo aspecto taciturno, pero sereno, le rodeaba de un aire universitario.

Mientras que el segundo personaje, si se tenía en cuenta su baja estatura, podía ser un jovencito de inferior condición, de no ser porque sus ropajes mostraban unos adornos muy llamativos. Tanto que Huberta y algunas muchachas que le vieron lamentaron no poder contemplar su rostro, ya que lo llevaba semicubierto por unos largos mechones de cabellos rojizos. Lo único que se podían observar era que usaba calzas e iba cubierto con un jubón rojo carmín, exageradamente ceñido, a la vez que tapaba su coronilla con un casquete de lana del mismo color, por debajo del cual surgían los bucles encrespados del cabello rubio fuego, que tan singular aspecto le proporcionaba. Esa especie de bonete lo llevaba sujeto bajo la barbilla con una recia correa, igual que si cumpliera la misión del bozal que se pone a un perro violento o muy ladrador.

-Tendréis que perdonarnos, señor, si en algunos momentos no podemos cumplir con nuestras obligaciones hospitalarias -dijo Huberta, prestando su atención al mayor de los dos recién llegados-. Debéis tener muy en cuenta que esta región, mísera y poco visitada, no ha adquirido la costumbre de recibir a visitantes de vuestra clase. Seguro que ha sido la casualidad lo que os ha obligado a llegar hasta aquí.

-Debéis decir mejor la suerte o el infortunio -corrigió el hombre vestido de negro, haciendo uso de una voz de tonos ácidos, que asustó a las muchachas que andaban cerca.

-No será la primera vez que sucede algo parecido -añadió el pequeño, al mismo tiempo que se echaba hacia atrás, componiendo una voltereta, que provocó las risas atronadoras de las mujeres; sin embargo, procuró mantener oculto su rostro en todo momento, luego nada más que se pudo ver su amplia boca, llena de una gran cantidad de dientes afilados como agujas y de una blancura marfileña.

Después de esta maniobra, acercó su taburete a las llamas de la chimenea, ante las cuales expuso unas manos muy alargadas y descarnadas, a través de las cuales se transparentaba el fuego como si fuesen nada más que de hueso.

El personaje vestido de negro había prestado escasa atención a la brutal maniobra de su compañero.

-Mi maldito caballo -dijo con el mismo tono-, asustado por los relámpagos o arrastrado por un espíritu maligno, me estuvo equivocando de camino por espacio de unas tres horas, yendo de bosque en bosque y de precipicio en precipicio, hasta que se arrojó a un acantilado, en cuyo fondo le he abandonado porque no hay duda de que está muerto. Según puedo calcular, habré recorrido unas treinta leguas, y nada más que me he podido guiar en estos parajes gracias al fuego de vuestras fraguas, a la vez que por el favor divino.

-¡Qué se cumpla la voluntad de Dios en todas las cosas de este mundo! -exclamó la anciana Huberta, al mismo tiempo que se persignaba.

-El favor del Señor siempre nos es tan necesario -intervino el malicioso personajillo-, sobre todo al muy celebrado y digno de respeto señor profesor Pancracio Chouquet, antiguo preceptor en el monasterio de las hijas de Santa Colomba, ministro del Santo Evangelio, rector de la Universidad de Heidelberg, y doctor de otras cuatro facultades a cual más celebrada.

Y todo esta exposición la concluyó con una carcajada todavía más aparatosa que las anteriores.

-¿Cómo os atrevéis -protestó el aludido, apretando los dientes- a interrumpir mi conversación, siendo un haragán de la más baja estofa, atribuyéndome títulos que acaso no me correspondan? ¿Acaso me habéis visto en algún lugar distinto a éste?

-Disculpadme, mi honorable caballero, y no os enojéis -suplicó el pequeño, tocando con su mano descomunal la capa y las mangas del jubón del viejo catedrático-. Os pude conocer en Colonia, en unas fechas que, por exigencias de mi padre, viajé por toda Europa con la intención de instruirme en las carreras de ciencias y letras. Una mañana me encontraba presente en una de vuestras clases, cuando estabais traduciendo a Plutarco en un espléndido latín. De repente, os quedasteis atascado, igual que si el diablo os estuviera agarrando por la garganta, en el pasaje *Den sera Numinis vindicta.* ¡Un argumento hermoso y lleno de erudición! Reconozco que a esas horas sufríais unas duras preocupaciones, debido a que comenzaban a calentaros, por detrás de las tumbas de tres reyes, una cama más ardiente que la chimenea de la generosa señora Huberta. El relato es muy divertido y con placer lo narraré si lo desea la amigable y divertida compañía.

-Te advierto -amenazó el hombre de negro en voz muy queda- que si te atreves a seguir hablando de ese tema, te clavaré en el alma la punta de mi cuchillo. ¡Resulta asombroso -añadió, sin dejar de refunfuñar- que se dé alojamiento a un granuja como éste en una casa tan honorable!

-Supuse que era vuestro servidor -se disculpó la anciana Huberta-. Debéis creer que no le conozco de nada.

-¡Tampoco ninguna de nosotras! -exclamaron las muchachas, juntándose las unas a las otras, de la misma forma que lo hacen los pajarillos en el nido.

-Ni yo -intervino Cipriana, una de las mujeres que acababa de sentarse, luego de intentar ocultar la cabeza entre las temblorosas rodillas de su amiga Maguelonnes.

-¡Oh, mi alborotadoras féminas! -vociferó el extraño del gorro rojo, desde uno de los extremos del llar donde se había agachado, para sacar de entre las brasas, con las manos desnudas, las castañas a pesar de estar abrasando-. Os aseguro que harán gala de la peor maldad al no reconocerme porque llevó las ropas de las fiestas. ¡Miradme, sin embargo, señora Huberta, para comprobar si veis muy transformado a vuestro viejo servidor Colás Papelín, escribano hace años y en la actualidad mozo de cuadra, para atenderos en lo que sea menester! El generoso herrero Santos no ha colocado una sola herradura a los caballos sin que yo antes la haya introducido en el agua, cepillado, almohazado, alisado, encerado y pulido hasta dejarla como un espejo, y cuyos crines no haya yo peinado y cepillado a cualquier hora, especialmente durante la noche, algunas veces utilizando los dedos. Por esta causa siempre se me recibe tan bien en todas las fraguas, ya que del oficio de palafrenero a herrero sólo hay un palmo de distancia, como acostumbra a decirse.

Al mismo tiempo que hablaba de esta manera, separó a derecha e izquierda los densos mechones de su cabello rojizo, para exhibir, sin dejar de reír con unas carcajadas que hacían temblar las paredes debido a las vibraciones, una cara repulsiva, lívida y amarillenta como la cera de una vela a punto de ser consumida, atravesada de singulares arrugas, y en la cual resplandecían dos ojillos rojizos más resplandecientes que carbunclos sobre los que estuviera soplando permanentemente el aire de un enorme fuelle. Todos los presentes compusieron un gesto de pánico.

La anciana Huberta se dijo que nunca había visto a aquel personaje; sin embargo, algo muy dentro de ella le advirtió que no convenía ponerlo en evidencia.

-¡Si yo he tenido delante a este espectro -se quejó Pancracio- sólo ha podido ser en el mismo infierno!

-Es posible que fuera allí -replicó Colás Papelin sin cesar de carcajearse-, y cuento con las razones suficientes para, como os sucede a vos, sorprenderme de la coincidencia que nos ha vuelto a reunir aquí. ¿Quién hubiera sido el astuto investigador que imaginase al maestro Pancracio Chouquet dentro del valle del Ermitaño?

-¡Está diciendo el valle del Ermitaño! -gritó Pancracio con una voz tronante-. ¡Oh! ¡Oh! -prosiguió, a la vez que se mordía los puños.

-¡Oh! ¡Oh! -repitió Colás Papelin, dando forma a una burla infernal-. ¿Acaso no suponéis, como estoy haciendo yo, doctor, que resultaría muy sorprendente para los dos, unos universitarios para los que el amor a los libros va unido al del oro y los goces de la carne, querer conocer por qué se ha dado ese nombre a este valle tan miserable? La historia que lo acompaña ha de ser extraordinaria, y tengo el presentimiento de que la señora Huberta, que recuerda las más hermosas narraciones del mundo, contaría ésta con placer si le servimos un vaso de vino dulce.

-Me traen sin cuidado las historias, granuja -dijo Pancracio, haciendo intención de marcharse.

-En el caso de que ella se niegue a contarlo, yo ofreceré mi versión -dijo Colás de Papelin, sujetándole con su fuerte mano, ya que aprisionó el brazo del otro igual que una tenaza de acero-. ¡No sabe lo mucho que se lo agradeceríamos, señora Huberta, si os la escuchásemos contar!

-Hace tiempo que llevo prometiendo a las chicas que se la contaría -aceptó la noble anciana-. La verdad es que no me ocupará mucho tiempo. He de advertiros que esta comarca antes era muy distinta a como la vemos ahora. Resultaba más salvaje y triste. Hasta que llegó un santo hombre, hace más de cien años, el cual construyó una pequeña ermita en uno de los miradores naturales que formaban las rocas sobre el precipicio. Las gentes contaban que este religioso era un joven originario de una rica familia, y que acababa de abandonar la corte por temor a no lograr la salvación de su alma en un ambiente tan pecaminoso. La verdad es que nunca se le conoció por otro nombre que no fuese el de Odilón, con el que ha sido beatificado hace poco tiempo por el Papa, y se espera que no tarde en ser canonizado.

-¡Por Belcebú! -exclamó Colás Papelin.

-Es lo que yo sé -siguió Huberta-. También estoy segura de que ese buen hombre traía un arcón repleto de dinero, debido a que en muy poco espacio de tiempo transformó la cara de todo el valle. Se cuidó de que fueran labradas las tierras más productivas, que se construyeran fábricas en los cauces de los ríos, que se levantara un hospicio, un prebisterio y hasta un monasterio. Su generosidad llegó a tales extremos, que vinieron aquí gentes de todos los oficios, los cuales formaron unas familias que todavía siguen viviendo entre nosotros. Todos sus miembros no dejan de bendecir el nombre de San Odilón, ese generoso mecenas que les hizo el mayor regalo al proporcionarles un trabajo con mucho futuro. Por esta causa el valle recibió el nombre del Ermitaño, debido a que él jamás abandonaba su ermita, a la vez que, imitando a Dios, hacía el bien a todos los hombres y mujeres sin dejarse ver. El Señor haya acogido su alma, como se acostumbra a decir, en compañía de los ángeles.

-Reconozco que la historia resulta muy aleccionadora -dijo el doctor Pancracio-. Estoy dispuesto a aceptarla, aunque he escuchado contar otras muy similares por todos los lugares donde he pasado... Bueno, se diría que el tiempo se está recuperando. Hace horas que no se escucha el ulular del viento y la tempestad ha dejado de golpear sobre las ventanas.

-Admito que podríamos reanudar el viaje, claro que eso tendremos que hacerlo en el momento más adecuado -intervino el irónico Papelin, sin dejar de retener al doctor en su asiento-. Consideraría un gesto de muy mala educación si dejáramos a la señora Huberta con la palabra en la boca, ya que su historia no ha hecho nada más que dar comienzo.

-Pues yo digo que ha concluido del todo -exclamó el doctor, dando muestras de impaciencia-. Conocemos su principio, el desarrollo de la misma y su desenlace. También estamos al tanto de la etimología del valle. ¡No necesitamos ni una palabra más!

-Todavía no hemos escuchado lo más importante -recalcó Colás-. Falta el aspecto oscuro, ése que contiene la auténtica moraleja. Por cierto, usted acostumbraba a hacer lo mismo en sus clases, ya que recuerdo cómo os ahorrasteis el final del maestro Guillermo Fichet. Ya veis como no me falta razón. Por otra parte, la señora Huberta se halla lista para proseguir con su historia, luego de haber recuperado el aliento del todo.

-El bendito Odilón -prosiguió la anciana- hacía más de tres cuartos de siglos que vivía en el valle sin dejar de favorecer a las gentes. Un día llegó a la ermita un joven dispuesto a ayudarle en los servicios religiosos. Era un individuo bien dispuesto, al que acompañaba la fama de un devoto amigo de los sacramentos. Dado que estaba dotado de la misma ciencia que un sacerdote, de la oratoria de un predicador y de la bondad, en apariencia, de un santo (ya que jamás se había visto por aquí a un penitente tan severo con las mortificaciones a las que se sometía), la ermita se convirtió en su hogar. Lamento haber olvidado su nombre, aunque creo que pronto podré recordarlo, ya que lo oí hace poco tiempo.

-El nombre de ese individuo no importa nada en vuestra historia -susurró el doctor, a la vez que seguía mordiéndose los dedos.

-¡El respetable maestro Pancracio Chouquet -remarcó Colás Papelin- estima que ese nombre carece de importancia, mi querida señora! ¿Lo habéis escuchado bien? -añadió elevando todavía más el tono de su voz-. ¡El relato puede prescindir del nombre de ese buen hombre (aunque me huelo que al fin resultará un diabólico hipocritón), de acuerdo a lo que nos dice el señor Pancracio, o el señor Chouquet, al que en las universidades se conoce como Pancracio Chouquet! ¿No os viene a la memoria ese nombre, generosa Huberta?

-¡Este granuja va a ser la causa de mi muerte repentina! -se dijo el doctor, muy disgustado y sin dejar de mirar hacia la puerta, a la que no podía llegar por encontrarse sujeto.

-Ese final no tardaréis mucho en recibirlo -advirtió Colás Papelin, como si hubiera podido escuchar los pensamientos de su "prisionero", a la vez que aguantaba las carcajadas.

-Recuerdo que llevábamos mucho tiempo preocupados por los supuestos tesoros de Odilón, debido a que estábamos convencidos de que terminarían atrayendo a los ladrones -prosiguió la bondadosa viuda de Tiphaine, como si no concediera importancia a las continuas interrupciones-. Sin embargo, era fácil suponer que luego de haber gastado tanto dinero en la recuperación del valle, poco debía quedarle en su arcón. He de reconocer que la presencia de ese joven tan decidido y bondadoso fue considerada una especie de consuelo para el santo ermitaño, que era muy viejo. Como se comentaba en las veladas del pueblo, nuestro benefactor ya contaría con alguien que pudiese socorrerle, al menos para cerrarle los ojos y administrarle la última unción en el momento que le llegase la muerte, que todos esperábamos que tardase mucho en presentarse.

-¡Ah, que dignos pensamientos los que acabáis de expresar, extraordinaria mujer! -dijo Colás Papelin, al mismo tiempo que componía los mismos gestos que si estuviera haciendo pucheros-. ¡A ese viejo mecenas yo me hubiese cuidado de bendecirlo, os lo prometo, si el Señor me hubiera concedido el honor de encontrarme a su lado...! ¿Qué opina de lo que estamos oyendo nuestro maestro, el señor Pancracio Chouquet?

El aludido se acarició la barba, se movió muy inquieto en su asiento y volvió a llevar su mirada hacia la puerta abierta, pero no soltó ni una sola palabra.

-En este momento voy a contar lo más interesante -advirtió la anciana-. Cierta noche, Thiphaine, mi marido, se incorporó en la cama de un salto. No podía estar más aterrado. Yo me desperté sobresaltada. De esto hace unos treinta años... Recuerdo que era la misma noche de Todos los Santos, tal como hoy, y unos momentos antes de que se anunciaran los maitines para los muertos.

-¡Vaya! -exclamó Colás-. ¿Estáis segura, mi generosa anciana, de que se habrán cubierto con toda precisión los treinta años desde esa fecha; treinta años exactos, sin que falte una sola hora, en el momento que escuchemos los maitines?

-Eso es lo que ocurrirá, señor Papelin -afirmó Huberta-, dado que el momento de mi historia se sitúa en 1531. Recuerdo que pregunté a Tiphaine porqué se había levantado tan pronto, ya que supuse que se encontraba enfermo. "Meteos en la cama -me dijo-, querida mía, ya que sólo he sufrido una pesadilla que ha inquietado mis sueños. Será preciso que me sosiegue un poco antes de volver a vuestro lado, ya que estos despertares tan violentos en ocasiones son anuncios del Señor. He creído ver que estaban dando muerte al anciano Odilón, y desde que me encuentro despierto un tropel de lloros y gemidos me acosan continuamente. Confío en poder calmarme dentro de unos segundos." Sin embargo, como no lo consiguió, marchó a la ermita en compañía de varios de sus ayudantes, que también se habían despertado al sufrir unas pesadillas muy parecidas. Pronto comprobaron que sus sueños significaban el presagio de algo muy real.

-¡Ya no hay la menor duda de que el santo ermitaño fue encontrado muerto! -exclamó Colás Papelin-. ¿Estáis oyendo, maestro?

-Cuando Thipaine y sus hombres llegaron a la ermita encontraron a Odilón agonizando, porque había sido capaz de arrastrarse desde su celda. Así le dio por muerto su asesino, sin detenerse a comprobarlo ya que le apremiaba buscar los supuestos tesoros que acababa de comprar con la pérdida de su alma. Sin embargo, no encontró nada...

-¡Ese criminal se había comportado igual que un hipócrita, tan vil como para usurpar el papel de un fiel servidor del ermitaño, con el fin de encontrar la oportunidad de asestar su ataque mortífero! ¿Lo estáis escuchando, maestro?

Pancracio siguió sin hablar, aunque todos pudieron escuchar como salía de su garganta un ronco estertor muy parecido a un rugido.

-Le habéis descrito muy bien -dijo la señora Huberta-. Debo contaros que la reja de la celda pudo cerrarse, luego de haber salido el bendito Odilón, gracias a un resorte inventado por mi marido, cuya existencia el homicida ignoraba.

-¡De esta manera el infame quedó atrapado! -chilló Colás Papelin, sin dejar de reír de una forma terrible-. ¡Esperar unos segundos y pronto sabréis que el santo pudo ser vengado! ¿Lo escucháis, maestro?

-No ocurrió eso, por mucho que todos lo hubiésemos deseado -continuó Huberta, moviendo la cabeza-. Mi marido y sus ayudantes no encontraron a nadie en la ermita, ni en la gruta próxima. Dado que en los dos lugares hedía intensamente a alquitrán y azufre, se creyó que el joven extranjero debía haber sellado un pacto con el diablo para salir ileso del peligro en el que se hallaba metido, lo que terminó por ser verdad, ya que no tardamos en saber que ese criminal había sido estudiante, en Metz y Estrasburgo, del brujo nigromante Cornelius, de quien acaso alguno de ustedes haya oído hablar.

-¡Ah, no obtuvo ningún beneficio con ese cambio! -volvió a interrumpir Colás Papelin, sin dejar de reír aparatosamente-. ¿Lo estáis escuchando, maestro?

-Claro que lo escucho, lo mismo que a ti, granuja -protestó Pancracio Chouquet, luego de realizar un gran esfuerzo para que su voz sonase tranquila-. ¡Ése es el idioma de las absurdas supersticiones con que el papismo ha alimentado a nuestros ignorantes pueblos! ¡Qué bien nos haría a todos si descendiera el resplandor de la verdad!

Acto seguido volvió a intentar escapar por la puerta abierta; pero su vecino se lo impidió de la misma forma, a la vez que no dejaba de mirarle con una combinación de burla y desprecio.

-De lo que estamos todos seguros -añadió la anciana, dando muestras de que empezaba a enfadarse- es que en la ermita quedó un trozo de cédula manchado de sangre y, a la vez, marcado con una especie de sello formado con cinco enormes uñas negras. Por éste se concedían treinta años de plazo al asesino, según nos enteramos por la traducción que de él realizó monseñor el gran penitenciario, ya que había sido escrito con las letras propias del demonio.

-No creo que me estén silbando los oídos -advirtió Colás Papelin-, ya que creo estar oyendo los primeros avisos de maitines. ¿Los escucháis, maestro?

-Lo extraño es que jamás se pudo localizar al homicida -finalizó Huberta-. Eso que no consiguió evitar que quedase, como prueba incriminatoria, un gran montón de cabellos unidos a un pedazo ensangrentado de su cuero cabelludo. Esto se encontró en las manos del santo cadáver. No hay duda de que al monstruo homicida no han podido crecerle esos pelos.

-¡Guardemos el respeto que se merece San Odilón! -ordenó Colás Papelin, al mismo tiempo que se levantaba, para propinar un golpe al doctor, con lo que el sombrero empenachado cayó al suelo.

Entonces todos pudieron descubrir que Pancracio Chouquet tenía una calva en uno de los laterales de su cabeza, tan lisa como si allí se le hubiera aplicado un hierro candente.

Este personaje dedicó una mirada fulminante a Colás y, luego, recogió su sombrero y caminó hasta la puerta abierta, sin dejar de mirar hacia atrás, como si le sorprendiera no haber vuelto a ser sujetado por la fuerte manaza de su pequeño enemigo. Sin embargo, éste parecía más preocupado por el fuego, ya que estaba removiendo las brasas con un hurgón de hierro, sin detenerse hasta que formó una lluvia de chispas.

En aquel momento la puerta se cerró de golpe. La totalidad de las mujeres se habían mantenido en silencio y quietas, como si les hubiese dejado sin voluntad un terror nunca sentido, tan intenso para mantenerlas petrificadas. Colás Papelín lo advirtió y volvió a reír, con más fuerza que las veces anteriores; seguidamente, hizo una reverencia, desplazando hacia atrás sus rojizos cabellos a la manera de un caballero entrenado en las bellas artes de la galantería.

-Quedad con Dios, honorable Huberta, y también vosotras, encantadoras mozuelas -saludó antes de abandonar el lugar. Recibid toda mi gratitud por los favores que me habéis brindado. Pero he de alejarme, ya que así me lo imponen las obligaciones de mi oficio. Conviene que acompañe a quien acaba de marcharse, no vaya a ser que se pierda en los bosques o en las montañas.

Poco más tarde se escuchó el rechinar de los goznes y el golpeteo de las grandes cerraduras de la puerta.

-¿No pensáis que acaba de dejarnos el mismo demonio? -preguntó la rubia Juliana, a la vez que alzaba una de sus temblorosas manos hacia el cielo.

-¿El demonio? -intervino Anastasia, juntando las manos como si fuera a rezar-. ¿Estáis segura de que era él?

-Todo lo que hemos podido ver nos lleva a creer que es así -admitió la señora Huberta, muy seria y sin dejar de desgranar las cuentas de su negro rosario.

-¿No os habéis dado cuenta de que él mismo se ha identificado? -insistió Juliana algo más serena-. El nombre Colás Papelin y el de diablo son una misma cosa.

-Querrás decir que son sinónimos -intervino la señorita Úrsula, con la suficiencia de una mujer leída, ya que era la sobrina y ahijada del párroco.

-Yo le reconocí nada más verlo -dijo Cipriana-. ¡Le he contemplado en tantas ocasiones cuando me quedo dormida delante del fuego mientras estoy trabajando con mi rueca!

-Lo mismo me ha sucedido a mí -añadió Maguelonne-, mientras enredo maliciosamente el pelo de nuestras cabras, cuando se me ordena que pase la noche en los establos.

-No hay duda de que es el diablo -afirmó de repente la pequeña Anita, que era hija de Roberto, el molinero-. ¡Quién espanta a nuestros burros al silbar en el bosque!...

-A nosotras mismas pretendió perdernos -dijo con un tono muy bajo su hermana Catalina-. Ese malvado de rojizo jubón ha intentado jugárnoslas en las orillas del arroyo del valle.

-¡Líbranos del mal, Señor! -exclamó la señora Huberta, al mismo tiempo que se ponía de rodillas.

Como puede imaginarse, todas las mozas imitaron a la anciana. Poco más tarde, se marcharon a casa una vez finalizó el toque de maitines, no sin antes haberse cuidado de purificar la cocina con sus oraciones, fumigando con plantas consagradas y echando por las paredes, el suelo y el techo regueros de agua bendita.

Al día siguiente, mientras los aldeanos marchaban para asistir a la misa del monasterio, que estaba separado por un camino cubierto de brezales, Santos Oudard dejó súbitamente el brazo de su madre y se quedó parado delante del pequeño grupo humano. Alzó la mano y dio un grito, para que todos se detuvieran, ya que no quería que viesen lo que él acababa de descubrir.

Era el cuerpo de un muerto, tan brutalmente golpeado, tan cambiado por los espasmos de la agonía, tan consumido y retorcido por los efectos de un incendio más diabólico que celestial, que en el mismo resultaba muy complicado encontrar algún testimonio humano; junto al mismo aparecían los pedazos de una capa negra y un destrozado sombrero de pluma flotante.

Por este motivo, desde aquel día el valle del Ermitaño pasó a ser llamado *el valle del Hombre Muerto.*

EL DOCTOR SAÚL ASCHER

Heinrich Heine

Heinrich Heine nació en Düsseldorf en 1797. Mientras estudiaba para convertirse en abogado, comenzó a vivir en un ambiente romántico. Publicó sus primeros escritos siendo muy joven; y desde sus primeras líneas se pudo apreciar el deseo de innovar la poesía y el teatro. Lo dejó patente con sus tragedias *Almanzor, William Ratcliff* y *Buch der Lieder.* Ésta última le concedió una gran fama. Posteriormente, fue llevando su literatura al terreno de la sensualidad, pero vista desde una perspectiva cotidiana, al fijarse en los humildes y en los enfermos.

Otra de sus evoluciones le condujo a la reflejar la realidad, por medio de un concepto muy sincero del liberalismo. Esto le enfrentó con las autoridades de su país, que llegaron a confiscar algunos de sus libros. De esta manera Heine tuvo que exiliarse a Francia, donde se convirtió en un periodista capaz de aplicar a los artículos que enviaba a Alemania una calidad literaria de primera fila, cuyo éxito sorprendió a los editores, porque siempre habían creído que el público no se hallaba a ese nivel.

En este cuento de fantasmas que hemos seleccionado podemos encontrarnos con el Heine culto e irónico, en algunas ocasiones cínico, que toca el tema de los fantasmas una forma muy original. Es posible que alguien pueda ver una especie de burla del género, cuando lo que se critica es ese deseo de algunos intelectuales de "quererlo cuestionar todo más allá de la propia realidad que están viviendo". Heine falleció en 1856.

A lo largo de aquella noche que permanecí en Goslar, me ocurrió un suceso realmente asombroso. Hasta en este preciso instante soy incapaz de recordarlo sin verme asaltado por el terror más obsesivo.

¿Cómo nace el pánico? ¿Qué es? ¿De dónde surge, acaso del cerebro o del corazón, es alimentado por las ideas o por los sentimientos?

Éste es un tema que solía emplear en mis discusiones con el doctor Saúl Ascher durante la temporada que estuve viviendo en Berlín, sobre todo al citarnos en el Café Royal, donde los dos teníamos la buena costumbre de comer.

Pero nada más que del cerebro proviene la fuerza, jamás de los sentimientos.

Al mismo tiempo que yo daba cuenta del menú y de un mejor vino, el doctor Ascher se obstinaba, sin perder al ánimo, en dejar claro que el cerebro primaba sobre todo nuestro cuerpo.

Nada más finalizar su exposición casi académica, sacaba su reloj y miraba la hora, para terminar con esta frase que en sus labios parecía lapidaria:

"El cerebro es el fundamento más sublime de nuestra naturaleza humana."

¡El cerebro! Siempre que escucho esta palabra creo tener delante al doctor Saúl Ascher, con sus pies algo torcidos, su importante levita de un tono grisáceo y su cara seria y gélida, que me parecía arrancada de un cuadro pintado por un geómetra.

Este personaje se hallaba más entre los sesenta años que en los cincuenta, y toda su vida había transcurrido en la más absoluta rectitud moral.

En su obsesión por observar las conductas más positivas, este infeliz terminó por apartar de su existencia todo lo que ofrece de hermoso y placentero el mundo: por ejemplo, el resplandor del sol, las creencias en la religión o en la poesía y hasta en las más modestas flores de un jardín. Marchaba tan tranquilo en busca del féretro severo y positivo.

Lo singular es que cuando hablaba se servía de un tonillo irónico, no exento de malicia, muy propio de quien se cree en posesión de la única verdad. Una costumbre que no abandonaba ni siquiera al referirse al Apolo de Belvédère o a la religión cristiana. En lo que se refiere a esta última cuestión, se había atrevido a escribir un pequeño libro para dejar claro su ateísmo y lo ilógico que resultaba creer en Dios. Era autor de un buen número de obras, en todas las cuales se había empeñado en resaltar, casi obsesivamente, las excelencias del cerebro inteligente, y había recurrido a unos razonamientos tan convincentes que sus lectores no dejaban de alabar tanto apasionamiento, aunque no se dejaran convencer por el mensaje esencial.

Sin embargo, lo más divertido de su comportamiento era cuando componía un gesto severo, no exento de comicidad, en el momento que se enfrentaba a un problema que era incapaz de entender.

Una mañana que se me ocurrió hacerle una visita, ya que llevaba varios días sin acudir al Café Royal, su criado me anunció:

-Señor, el doctor acaba de fallecer.

Si he de ser sincero, la noticia me causo el mismo efecto que si hubiera oído algo como esto:

-Señor, el doctor acaba de salir a dar un paseo por la ciudad...

Sin embargo, conviene que volvamos a Goslar.

"El cerebro es el fundamento más sublime de nuestra naturaleza humana", pensé una noche en el momento que me iba a meter en la cama. Quería que me sirviera para conseguir dormir con la mayor tranquilidad. Pero el recurso fue inútil.

Conviene que cuente al lector que había terminado, unos minutos antes, de leer los *Cuentos alemanes*, de Varnhagen von Enses, con lo que me había visto viajando mentalmente hasta la ciudad de Klausthal. El relato era alucinante, ya que un hijo, mientras planeaba la forma de matar a su propio padre, vio aparecer, nada más escuchar las campanadas de la medianoche, el fantasma amenazante de su difunta madre.

El argumento era tan dramático, al haber sido escrito con las palabras más eficaces, que mientras lo estaba leyendo no pudo evitar que me asaltaran una serie de escalofríos de pánico. Estremecimientos que me acompañaron hasta el final de la historia.

Muchas veces he podido comprobar que los cuentos de fantasmas causan un mayor efecto si son leídos durante un viaje; y sobre todo si es por la noche. Peor si uno se encuentra en una ciudad, una casa y una estancia que le son totalmente extrañas, al no haber estado antes en ellas.

¿Cuántos horrores habrán podido suceder en el mismo lugar donde nos encontramos?

Recuerdo que la luna confería a mi habitación una semipenumbra misteriosa, ya que en las paredes no dejaban de moverse unas sombras enemigas de la paz. Procuré incorporarme en el lecho para comprobar que sólo eran el efecto de las luces. Y en aquel momento pude ver...

No existe otra cosa más tétrica que contemplar, inesperadamente y fruto de la casualidad, la propia imagen reflejada en un espejo.

En aquel preciso instante, una campanada sonó en la lejanía, trayéndome un eco tan espantoso, tan pausado que, al oírse la última campanada de las doce, tuve la sensación de que todo un día acababa de pasar delante de mí, y que la noche entera se iba a desarrollar en un instante.

Recuerdo que al escucharse la undécima campanada, un reloj de pared comenzó a funcionar en el fondo de la casa; sin embargo, lo hizo con tanta velocidad y con unos sonidos tan estridentes y amargos, que llegué a pensar que era un ser humano protestando por la exasperante lentitud de un colega muy molesto.

En el momento que las dos voces metálicas quedaron en silencio, la ausencia de ruidos se me hizo opresiva, como si necesitara seguir escuchando las campanadas. Pero, en seguida, percibí unos sonidos muy diferentes. Provenían del pasillo, al otro lado de la puerta cerrada de mi dormitorio. Me parecieron las pisadas inseguras y furtivas de un viejo bastante cansado.

Por último, la puerta fue abierta y el difunto Saúl Ascher entró en mi dormitorio.

Una serie de escalofríos estremecieron mi cuerpo. Me puse a temblar igual que una hoja azotada por el viento, sin fuerzas para levantar la mirada para volver a contemplar al fantasma. Pensé que seguía siendo el mismo: llevando su levita gris, con sus piernas torcidas y su rostro que parecía haber sido pintado por un geómetra. Sólo su piel había adquirido un tono más amarillento, aunque me dije que seguramente la claridad lunar era la responsable de ese cambio. En lo que se refiere a sus ojos, me pareció que resultaban más penetrantes. Con unos andares imprecisos, ya que necesitaba la ayuda de un bastón de juncos españoles, se aproximó a mi cama, para susurrarme con la mayor educación:

-Por favor, deje de sentirse aterrorizado al suponer que tiene delante un espectro. En el caso de que considere algo semejante, debe reprochárselo a un juego equívoco de su fantasioso cerebro. Seamos sinceros: ¿qué es realmente un fantasma? Adelante, permita que escuche su definición. Deje claro, por medio de sus inteligentes deducciones o inducciones, la existencia de muertos que caminan por las noches. ¿Qué diferencia existe entre una aparición de esas características y una proyección del espíritu? Fíjese que he empleado el término "espíritu", porque nada más que soy espíritu.

Seguidamente, el fantasma del doctor Saúl Ascher se entregó a una disertación sobre el espíritu, para lo cual recurrió a la *Crítica de la razón pura,* de Kant, eligiendo la segunda parte, del tomo segundo y el capítulo tercero. Se sirvió de todos los silogismos, para terminar con el razonamiento lógico de que él nunca podía ser un espectro.

Mientras no dejaba de hablar, a mi me corría por la espalda un sudor frío, a la vez que me castañeteaban los dientes. Sin dejar de mover la cabeza, para apoyar los razonamientos que escuchaba, con el fin de no enojar a aquel fantasma que se hallaba empeñado en demostrar que no existían los fantasmas.

Por último, con sus ademanes de siempre, intentó sacar de uno de sus bolsillos el reloj; no obstante, lo único que vi en sus manos fue un montón de bulliciosos gusanos. Al advertir su equivocación, los volvió a guardar en su bolsillo con una rapidez inusitada, al mismo tiempo que insistía:

"El cerebro es el fundamento más sublime de nuestra naturaleza humana."

Entonces un reloj hizo sonar la campanada de la una de la madrugada, con lo que el fantasma desapareció entre las maderas de la puerta, sin tener necesidad de abrirla.

LA NOCHE

Guy de Maupassant

Guy de Maupassant nació en el castillo de Miromesnil en 1850. Forma parte del grupo de escritores naturalistas franceses, que se aproximaron a los problemas de la sociedad para contarlos de una forma descarnada, sin olvidar la calidad literaria. Puede decirse que, no desechando del todo el romanticismo, mostraron la otra cara de la realidad que tenían a su alrededor, aunque pudiera ofrecer demasiado aspectos desagradables. Uno de los primeros éxitos de este autor fue *Bola de sebo* (1880), que se considera una obra naturalista. En seguida eligió el realismo en novelas como *La casa Tellier* (1881), *Una vida* (1883) y *Bel Ami* (1885). En ésta plasmó la vida decadente de un gran amante dentro de la alta sociedad parisina.

Maupassant fue también un excelente escritor de relatos, como se puede apreciar en el incluimos en nuestra selección de Fantasmas, y de crónicas viajeras, algunas de las cuales ofrecen un estilo literario que resulta asombrosamente actual, aunque sea lea un siglo después de haber sido escrito. Murió en 1893 víctima de la locura, al haberse visto arrastrado por una enfermedad de mala curación y por una serie de fracasos sentimentales y económicos.

Yo siempre he amado la noche con la pasión de un converso. La amo lo mismo que a la patria o a una mujer sublime. Y en este sentimiento vuelco mis cinco sentidos: mis ojos, que la contemplan; mi olfato, que le percibe con todos sus aromas; mis oídos, que oyen más sus silencios que sus ruidos; y la totalidad de mi carne, a la que las tinieblas rodean para acariciarla. Es cierto que las aves cantan cuando sale el sol, mejor si el cielo es azul, al mismo tiempo que sopla una brisa suave, en la cálida atmósfera de esas mañanas diáfanas. Sin embargo, los búhos vuelan cuando llega la noche, para convertirse en sombrías manchas que atraviesan el espacio oscuro y, satisfechos, borrachos de negras amplitudes, no dudan en liberar sus gritos vibrantes y tétricos.

Es que el día me agota y me enfada. Resulta salvaje y atronador. Dejo la cama con angustia, me pongo la ropa cansinamente y llego a la calle con el temor de que me va a suceder lo inesperado, porque es imposible controlar las reacciones de las gentes que me rodean. Cuando camino, hablo, gesticulo o pienso siento la fatiga de lo que se soporta porque ha sido impuesto por los demás.

Sin embargo, en el momento que se aproxima el atardecer me lleno de un entusiasmo extraño, que pronto se convierte en un optimismo completo. De repente, tengo la sensación de que estoy despertando a la vida. Me lleno de ánimo y, según se va incrementando la tibia y apacible oscuridad que llega del cielo, con lo que la ciudad se ve rodeada de una ola inaprensible e impenetrable, siento que me encuentro en el entorno que más me agrada. Es cierto que la oscuridad esconde, anula y hasta destroza los colores y la arquitectura, al rodear los edificios, las criaturas vivas y las estatuas con un abrazo que parece anularlos.

Es el momento cuando a mí me domina el ansia de gritar de gozo, igual que lo hacen los mochuelos, y hasta llegaría a correr sobre los tejados, imitando a los gatos. Y un impulso, una irresistible necesidad de amar, se adueña de mi naturaleza, hierve en mi sangre.

Camino en largos paseos, eligiendo en ocasiones las avenidas más oscuras, cuando no los bosques más próximos a París, donde me detengo a escuchar el apagado deambular de mis amigas las alimañas nocturnas o de mis compinches los cazadores furtivos.

Claro que todo aquello que amamos con un apasionamiento demencial termina por destruirnos. No obstante, ¿cómo podré explicar lo que me está sucediendo? ¿De qué manera conseguiría exponerlo para que se me entendiera? Lo ignoro, me faltan argumentos; nada más que estoy seguro de que sucede como lo he contado. Así llegó lo irremediable...

Ocurrió ayer -¿es cierto que fue ayer?-. En efecto, de eso no hay ninguna duda. Claro que pudo suceder mucho antes: un día diferente, acaso hace un mes o un año... Lo desconozco. No, tuvo que ser ayer. Sin embargo, dado que no ha vuelto el amanecer, ni ha salido de nuevo el sol... ¿Cómo puedo saber el tiempo que está durando la noche que me rodea? ¿Cuándo dio comienzo...? ¿Existe alguien que pueda responder a mis preguntas? ¿Lo sabré en algún momento?

Creo que fue ayer cuando salí, como acostumbro al llegar la noche. Acababa de cenar. La temperatura no podía ser más agradable y la oscuridad resultaba suave y cálida, Al mismo tiempo que bajaba por los bulevares, no dejaba de observar sobre mí el océano negro e inundado de estrellas, que era siluetado contra el cielo por los tejados de los edificios que componían la calle, torciéndose y haciendo ondular, como un río auténtico, el universo siempre en transformación que forman los astros.

Todo resplandecía en el aire amable, desde los planetas hasta las farolas de gas. Era tanto el fuego contenido en las alturas y en la ciudad, que hasta lo negro se hacía resplandeciente. No hay duda de que las noches brillantes despiertan mayor optimismo que los más largos días de sol.

Los cafés y restaurantes del bulevar refulgían; la multitud se divertía, mientras paseaba o bebía cualquier tipo de licor o de refresco. Se me ocurrió entrar en un teatro. ¿Dónde? Lo ignoro. Había dentro del mismo tanta claridad que me sentí muy triste, por eso no dudé en salir para tranquilizar mi corazón apagado por el violento impacto de la luz, por el destelleo agresivo de la gigantesca araña de cristal, por el frente de fuego que formaban las candilejas y por toda la melancolía que emanaba de aquella claridad tan ficticia y agresiva.

Me encaminé a los Campos Elíseos, donde los cafés-conciertos parecían ser unos núcleos de incendios entre las copas de los árboles y todo el follaje. Los castaños rodeados de una luz amarillenta ofrecían una singular fosforescencia. Los globos eléctricos, similares a una blancas lunas resplandecientes, parecían diminutas estrellas caídas del cielo, o perlas inmensas repletas de vida. Lo mejor es que conseguían hacer que palideciesen, con su nacarina luminosidad, las misteriosas columnas de un gas sucio y desagradable, que parecía quererse adherir a las guirnaldas formadas con los cristales de colores.

Me detuve en el Arco del Triunfo, deseando examinar la avenida, siempre resplandeciente para dividir París en dos líneas de fuego, debajo de los astros celestes. Las estrellas estaban en lo alto del cielo, en lugares desconocidos, esparcidas caprichosamente en el firmamento, dibujando formas muy singulares que me ayudaban a imaginar, o me forzaban a pensar.

Llegué al bosque de Boulogne, donde me quedé durante un buen rato. Hasta que acusé un misterioso estremecimiento, una emoción inesperada y potente, una exacerbación de la mente que rayaba lo demencial.

Anduve mucho tiempo, sin querer detenerme. Por último, decidí volver al punto de origen.

¿Qué hora era en el momento que pasé por debajo del Arco de Triunfo? Casi toda la ciudad parecía dormir, y las nubes, que eran enormes y oscuras, iban cubriendo lentamente la totalidad del cielo.

No sé como esta idea vino a mi cabeza, el caso es que intuí que iba a suceder algo inesperado, totalmente diferente. Creí sentir mucho frío, a la vez que el aire se hacía más denso, y que la noche, a la que nunca dejaría de amar, se había convertido en un peso que lastraba mi corazón. La avenida se hallaba casi desierta, debido a que únicamente dos gendarmes caminaban junto a la parada de los coches de punto y una extensa hilera de carros de hortalizas avanzaba en dirección al Mercado Central, siguiendo una calzada poco iluminada por las mortecinas farolas de gas. Se movían muy despacio, llevaban su carga de zanahorias, nabos y coles. Los cocheros dormitaban, aspirando a ser invisibles. Cada uno de los caballos iba al paso, siguiendo la dirección que marcaba el carro anterior, sin originar ruido alguno en el pavimento empedrado. Al quedar debajo de las luces de las aceras, el rojo de las zanahorias adquiría una gran viveza, los nabos se hacían más blancos y las coles intensificaban su verdor. Los carros se movían en fila india, y al ser rojos formaban una línea continua, que podía ser dorada, plateada o verdosa, de acuerdo con la parte de los vehículos que quedase más iluminada. Me dediqué a seguirlos durante unos minutos y, después, volví sobre mis pasos para entrar en la calle Real, porque deseaba encontrarme en los bulevares. Todos los cafés habían apagado sus luces, y apenas quedaba un ser vivo, porque los últimos rezagados corrían por las aceras listos a ser tragados por las puertas de las casas. En ninguna otra ocasión había contemplado un París tan vacío, tan muerto. Eché un vistazo a mi reloj de cadena: sólo eran las dos de la madrugada.

Entonces me asaltó el deseo impulsivo de caminar. Así llegué hasta la altura de la Bastilla, donde me detuve. Paralizado por la certeza de que jamás había caminado por un París tan sombrío, pues casi era imposible distinguir la columna de Juillet, cuyo Genio de oro había sido tragado por la negrura impenetrable de la noche. Un techo de nubes, tan espesas como si fueran de barro oscuro, había ocultado las estrellas, y tuve la impresión de que iba a caer sobre la ciudad para aniquilar todo lo que aún siguiese con vida.

Di la vuelta, sin dejar de caminar, acaso porque yo era el único peatón de la ciudad. Sin embargo, en la plaza del Chateau-d'Eau me tropecé con un borracho. En seguida se perdió por una calle cercana. Me quedé inmóvil, escuchando sus pasos que se alejaban, hasta perderse en el silencio luego de haberme enviado unos sonidos muy desiguales. Al llegar a la avenida Montmartre, pasó cerca un coche de punto. Grité para llamar a su cochero, pero no debió escucharme. Súbitamente, descubrí a una mujer caminando, al parecer, hacia ninguna parte. En las proximidades de la calle Drouot se acercó a mí y me dijo:

-Puede atenderme, señor...

Aceleré el paso para evitarla, sin dejar de recordar su mano extendida. Después, no ocurrió nada más. Ante la Zarzuela pude ver a un trapero escarbando en la basura; mientras, su linterna oscilaba muy cerca del suelo. No dudé en preguntarle:

-¿Puede decirme la hora?

-¡A mí que me cuenta! -protestó-. ¡Nunca he tenido reloj!

Repentinamente, pude advertir que las farolas estaban siendo apagadas. Recordé que en esa época del año se apagaban muy entrada la madrugada, antes del amanecer, con el fin de ahorrar gas. Sin embargo, la mañana quedaba muy lejos... ¡Tan distante!

"Iré al Mercado", pensé, "donde al menos habrá un poco más de vida."

Seguí caminando; sin embargo, era incapaz de ver el camino que estaba pisando. No podía orientarme. Anduve muy despacio, igual que se hace en el corazón de un bosque desconocido, recordando las calles con las manos, a la vez que las contaba.

Al pasar delante del Crédito Lionés me llegó el ladrido de un perro. Me metí en la calle de Gramont y creo que me perdí. Estuve andando mucho rato, hasta que, por fin, supe que me hallaba ante el edificio de la Bolsa, al tocar las gruesas cadenas que la rodean. Todo París se había entregado al sueño más profundo, aterrorizador. Sin embargo, en la distancia creí ver llegar un coche de punto, acaso el único de la ciudad. Pensé que podía ser el mismo que me adelantó unas horas antes. Intenté darle alcance tomando como referencia el sonido de sus ruedas, corriendo por las calles desiertas y oscuras, tan negras como la misma muerte.

De nuevo perdí el sentido de la orientación. ¿Dónde me encontraba? ¿Quién había sido el maldito que había apagado el gas antes de tiempo? Cerca no se encontraba ni un solo peatón, ni siquiera un vagabundo o un gendarme. tampoco escuché el maullido de un gato amoroso. Me rodeaba la nada más absoluta.

"¿Es que no hay vigilancia en las noches de París?", me pregunté. "En el caso de que me pusiera a gritar, ¿acudiría alguien a socorrerme?"

Entonces me decidí a chillar con todas mis fuerzas. Mis voces se alzaron en la atmósfera nocturna, sin producir ni un solo eco, cada vez más débiles, ahogadas por la inmensidad, destrozadas por la carencia de calor humano, absorbidas por una noche que ya se había hecho impenetrable.

Supliqué: "¡Auxilio! ¡Auxilio! ¡Auxilio!"

Mi petición angustiosa no recibió ningún tipo de respuesta. ¿Qué hora podía ser? Busqué mi reloj, pero no disponía de cerilla. Me detuve a oír el tic-tac con una alegría incontenible. Al meno esa pequeña maquina estaba viva, y me sentí algo más acompañado. ¡En el centro del misterio!

Continué avanzando, moviéndome de la misma forma que un ciego: tocando las paredes con mi bastón, con la mirada elevada hacia el cielo, anhelando que llegasen los primeros destellos del amanecer; sin embargo, todo lo que me rodeaba presentaba la negrura total, como si hubiera cerrado los ojos con fuerza.

¿Qué hora sería? Tuve la sensación de que llevaba caminando un tiempo infinito, debido a que mis pies flaqueaban, mi respiración ya era jadeante y en mi estomago mordía un hambre insoportable.

Tomé la decisión de llamar en la primera puerta que encontrase. Pulsé el botón de cobre y el timbre resonó en el interior, vibrando; sin embargo, el sonido que permaneció me pareció muy extraño, como si se estuviera produciendo en un lugar abandonado.

Esperé un poco; sin embargo, nadie respondió a mi llamada, a pesar de que la repetí infinidad de veces. Insistí hasta que me dolió la mano. Nada.

¡Entonces me embargó un pavor inmenso! Llegué a la casa siguiente, cuyo timbre pulsé unas veinte veces seguidas. Era el que pertenecía al portero; pero éste no acudió a abrir la puerta. Me desplacé a otro lugar, donde repetí la maniobra con más intensidad, y hasta golpeé la puerta con los pies, el bastón y las manos desnudas. Nadie respondió a mi angustiosa demanda de ayuda.

Súbitamente, caí en la cuenta de que me encontraba a la altura del Mercado Central. Pero el edificio aparecía abandonado, en silencio. Allí no había movimiento alguno, al faltar los coches y las personas. Tampoco pude ver un cesto de verduras o de flores...

¡Había sido abandonado, todo en su interior era quietud, soledad... y muerte!

El terror me dominó por completo. Aquello era terrible. Pero, ¿qué estaba sucediendo? ¡Oh, Dios mío? ¿Cómo podía estar ocurriendo lo imposible... cuando en el Mercado Central siempre había algún tipo de actividad, hasta en los domingos y en las fiestas?

Escapé de allí. Pero, ¿en qué hora estaba viviendo? ¿Iba a amanecer en algún momento? ¿Quién me podría decir lo que estaba ocurriendo? Llevaba toda la noche caminando por un

París sumido en la más absoluta oscuridad, donde debía haber miles de relojes que hicieran sonar las horas, ¡y todos habían permanecido mudos! Llegué a pensar: "Voy a abrir el cristal de mi reloj para tantear las agujas..." Lo saqué de mi bolsillo, me lo acerqué al oído... ¡Estaba parado, se había convertido en un corazón muerto!

Nada se hallaba vivo a mi alrededor, no quedaba ni el menor aliento, que no fuese el mío, que cada vez era más jadeante... Tampoco sentía los efectos del viento o del aire en calma... ¡Me rodeaba la nada más absoluta!

Creí que estaba en los muelles del río. Tocaría el agua, para comprobar si estaba fría.

Al menos el Sena seguiría fluyendo. Intenté bajar por las escaleras. Pisé los primeros escalones y, de repente, me di cuenta de que no escuchaba el murmullo de la corriente fluvial, tan sonora al golpear contra los arcos del puente... Seguí descendiendo. Creí que me quedaban dos escalones... Pisé la arena, luego el cieno, más tarde el agua... Hundí el brazo... ¡El agua fluía..., fluía... Estaba helada, helada... Pero no sonaba...! ¿También estaría muerta, como todo lo demás?

Tuve la certeza de que jamás encontraría las fuerzas suficientes para salir del río. Me dejaría arrastrar por aquella masa líquida en movimiento, silenciosa. Moriría allí, absorbido por la noche, sufriendo hasta la agonía el hambre más atroz, el cansancio que adormece los músculos, el frío del sudario que nadie vendría a retirar de mi cuerpo...

ASEDIO A LA CASA ROJA

John Sheridan Le Fanu

Sheridan Le Fanu fue un escritor irlandés, nacido en 1818, que se graduó en el Trinity Collegue. Ejerció como abogado, hasta que se dedicó por entero al periodismo. Sin embargo, lo mismo que les sucedió a algunos autores populares del siglo XIX, como Julio Verne o Emilio Salgari, no necesitó viajar para introducir en sus escritos unos mundos próximos o lejanos, en los que se mueven infinidad de personajes que parecen extraídos de la observación real y no de lo imaginado.

Le Fanu perdió muy pronto a su esposa y se vio amenazado por otras situaciones físicas y espirituales, que le llevaron a interesarse por las Ciencias Ocultas. La inmensidad de temas que éstas cubren le permitieron desarrollar unos relatos, lo más apreciado de su inmensa obra, donde el misterio, los fantasmas, todas las variantes del terror y de las pasiones humanas son combinados con una maestría excepcional. Hija suya es *Carmilla,* una de las mujeres-vampiro más famosas de la literatura. También se cree que Bram Stoker, el autor de *Drácula,* le copió algunos de sus mejores argumentos. No obstante, en el relato que hemos seleccionado Le Fanu prefiere recurrir a un estilo periodístico, algo lógico en quien terminó siendo editor de prensa, sin dejar de mostrar la debilidad humana y esa amenaza que siempre surge de lo sobrenatural, aunque esto sólo dependa de una mano demasiado inquieta...

En la mitad del siglo XVIII se hizo muy famoso un pleito que hubo entre el señor Harper, consejero municipal de la ciudad de Dublín, y lord Castlemallard, tutor de lord Chattesworth mientras éste fue menor de edad, debido a un edificio al que todo el mundo había bautizado con el nombre de la Casa Roja, ya que su tejado era de ese color.

Precisamente, el señor Harper se decidió a alquilar esa casa en enero de 1753, pensando que le vendría muy bien a su hija. Debido a que llevaba demasiado tiempo deshabitada, se tuvieron que efectuar muchas reparaciones y, sobre todo, se cambiaron los muebles. Esto supuso el gasto de una considerable suma de dinero.

La hija del señor Harper estaba casada con el señor Rosser. Y esta familia convirtió la Casa Roja en su vivienda durante el mes de junio. Sin embargo, no habían pasado ni siquiera tres meses, cuando la joven y decidida pareja se vio forzada a reconocer, luego de cambiar de servicio repetidas veces, que el lugar era inhabitable.

El siguiente paso lo dio el señor Harper al solicitar una entrevista con lord Castlemallard, para anunciarle que estaban anuladas todas las obligaciones asumidas al firmar el contrato de alquiler, debido a que la Casa Roja había resultado el escenario de los sucesos más misteriosos y terroríficos. Resumiendo el tema: el edificio se hallaba embrujado, por lo que era imposible contratar unos criados que fuesen capaces de pasar allí más de una o dos semanas. El señor Harper completo su exposición al considerar que, luego de haber comprobado lo mucho que sus hijos habían padecido, consideraba que además de romper el contrato tenían que ser resarcidos con una importante cantidad de dinero, debido a que todo el edificio era la madriguera de algo más abominable de lo que pudiera resultar un ejército formado por los más crueles asesinos.

Lord Castlemallard exigió al señor Harper, por conducto legal, que cumpliese todo el contrato de alquiler; sin embargo, el consejero municipal le replicó con un informe minucioso de todos los sucesos, que apoyó con los testimonios de unos siete testigos. Esto le permitió ganar el juicio, lo que impidió que el caso fuera más lejos. Su Señoría tomó la decisión de rendirse antes de que el asunto llegase a los más altos tribunales.

Veamos los sucesos que el señor Harper presento en su amplio informe.

Una tarde de finales de agosto, cuando empezaba a anochecer, su esposa, la señora Rosser, se hallaba sola en la salita más próxima a la huerta, que se encuentra en la zona trasera del edificio en cuestión. Hacía unas horas que se había puesto a coser, sentada junto a una ventana abierta, cuando se le ocurrió retirar la vista de la costura, para llevarla al alféizar. Entonces pudo contemplar una mano allí, como si perteneciera a alguien que pretendiera entrar luego de haber escalado la alta pared. La mano resultaba muy pequeña, aunque estaba bien conformada, mostraba una piel blanquecina y toda ella debía considerarse algo gruesa. Era la mano derecha de una persona madura, acaso de un desconocido que superaba los cuarenta años.

Debido a que se tenía noticias que, una semana antes, se había producido un robo en una mansión de la zona, donde se provocaron, además, el asesinato de la dueña y el incendio de parte de la casa, la señora Rosser pensó en lo peor al ver esa mano. Sobre todo al tener en cuenta que los homicidas del caso anterior no habían sido detenidos todavía por la policía. Esto le obligó a gritar con la mayor fuerza de sus pulmones y, como es natural, la mano desapareció al instante, aunque lo hizo moviéndose pausadamente.

Rápidamente se organizó la oportuna investigación en la pared y en la huerta, sin poder localizar huellas de pisadas, ni otra evidencia del paso de una o más personas. Esto trajo consigo que se terminara creyendo que la pobre señora Rosser había sufrido una alucinación, después de estar cosiendo durante una excesiva cantidad de horas. La idea se quiso apoyar con el hecho de que ninguna de las macetas, que seguían perfectamente alineadas debajo de la ventana, habían sido movidas, lo que hubiese resultado normal si alguien hubiera pretendido escalar la pared.

Sin embargo, aquella misma noche en una de las ventanas se escucharon unos golpes débiles, aunque insistentes. La servidumbre se llenó de pánico. El más decidido de los criados terminó por empuñar un atizador y, luego, abrió la puerta que daba al patio trasero. No encontró al causante de la llamada, por mucho que intentó escrutar en la densa oscuridad. No obstante, nada más cerrar, creyó estar oyendo como alguien golpeaba su puño sobre el batiente, igual que si pretendiera entrar a toda costa en la cocina. Resultó tan viva la sensación que, a pesar de que la llamada ya era más perceptible, prefirió alejarse de allí; mientras, los golpes en los cristales no dejaban de producir una mayor sonoridad.

El sábado siguiente, la cocinera se encontraba sola ante los fogones. Eran las seis de la tarde. La mujer tenía la edad suficiente para no pensar en locuras, además había dado pruebas de su sensatez y serenidad. Repentinamente, pudo ver la misma mano, que le pareció corta de tamaño pero con unos dedos propios de un noble, con la palma apoyada sobre el cristal de la ventana; al mismo tiempo, se iba desplazando de arriba a abajo, como si estuviera localizando algún punto en el cristal que le permitiese romperlo sin cortarse. Al contemplar esa mano sola, a la que no parecía acompañar ningún brazo, la cocinera dio un alarido y, al momento, se entregó a rezar con la mayor devoción. A los pocos segundos, la mano desapareció.

Durante las tardes siguientes fueron muchas las personas que escucharon llamar en diferentes puertas. Los golpes eran débiles al comienzo; sin embargo, tardaban poco en volverse muy agresivos, dando idea de que estaban siendo propinados con el puño entero. En algunas de estas ocasiones el mayordomo se encargó de preguntar quién era; sin embargo, al no obtener ningún tipo de respuesta verbal, terminaba por negarse a abrir. Esto no impedía que siguiera oyéndose como una mano deslizándose pesadamente, de izquierda a derecha, por el otro lado de la puerta.

El matrimonio Rosser también escuchó golpes en la ventana, mientras se encontraban en el salón. Los sonidos eran unas veces ligeros y espaciados, igual que si pretendieran transmitir una especie de contraseña; mientras que en otras resultaban muy sonoros y persistentes, hasta el extremo de que hubo momentos que estuvieron a punto de romperse los cristales.

Estos ruidos sólo se habían producido en la zona trasera del edificio, siempre en el lado que daba a la huerta. Sin embargo, a partir de las nueve y media de la noche del martes comenzaron a escucharse también en la puerta principal. Se prolongaron por espacio de dos horas; mientras tanto, el señor Rosser no dejaba de maldecir, sobre todo al comprobar que el terror había provocado que su esposa se desmayara.

Singularmente, transcurrió casi una semana sin que se produjera ningún sobresalto, con lo que los ocupantes de la Casa Roja creyeron que se había alejado la pesadilla. No obstante, el 13 de septiembre se repitieron los sustos. Fue a ocurrir en el momento que una de las doncellas bajó a la despensa a guardar una jarra de leche. Esta reducida estancia recibía la claridad y la ventilación por medio de un tragaluz, al que se había provisto de una abrazadera que sostenía el postigo. Cuando la doncella estaba mirando hacia el tragaluz, en un movimiento casual, se quedó anonada por el espanto, al observar cómo un dedo, blanquecino y muy grueso, asomaba por uno de los agujeros, para comenzar a moverse de un lado a otro, con la intención de alcanzar el pestillo. Al parecer no llegó a conseguirlo, aunque nadie lo pudo saber con toda certeza, debido a que aquella mujer escapó corriendo, para llegar a la cocina, donde perdió el sentido antes de que pudieran sostenerla. Al día siguiente, se despidió de la casa para siempre.

Como el señor Rosser era un hombre muy sensato que no creía en los espíritus vivientes o en los fantasmas, a pesar del comportamiento de su esposa, junto a las criadas que ya se habían marchado, continuaba creyendo que esa “mano” debía corresponder a un bromista o a un criado resentido. Por eso se propuso descubrirlo a toda costa; sin embargo, se cuidó de contar a todos lo que iba a hacer en los próximos días.

Una tarde, luego de que los golpes llevasen más de una semana sin oírse, el señor Rosser escuchó que alguien llamaba en la puerta principal. Se encontraba escribiendo en su despacho. Todo parecía en calma, excepto esos sonidos insistentes, que iban incrementando su volumen. Llegó al vestíbulo procurando no dejarse oír. Ya había advertido que la forma de llamar estaba cambiando, hasta convertirse en unos golpes suaves y acompasados, que alguien daba con la palma de la mano.

El señor Rosser se disponía a abrir violentamente, cuando prefirió detenerse, al pensar que debía tomar algunas precauciones. Por eso se acercó a una alacena, en la que se encontraban unos bastones, varias espadas y algunas armas de fuego. Procuró guardarse una pistola en cada bolsillo y empuñó con la mano derecha un enorme garrote. Al momento, solicitó la ayuda de un criado, el que le merecía mayor confianza, y le entregó unos pistolones. De esta manera, los dos hombres llegaron ante la puerta armados hasta los dientes. A pesar de esto, procuraron moverse con el mayor sigilo, debido a que los golpes estaban intensificando su fuerza y, a la vez, las pausas entre unos y otros eran cada vez más cortas.

El señor Rosser abrió la puerta con violencia, al mismo tiempo que cruzaba el garrote para impedir el paso del extraño. Pero allí no había nadie. De pronto, acusó una fuerte sacudida en el brazo, dada con la palma de una mano y a punto estuvo de caer rodando por el suelo. En seguida advirtió que algo se deslizaba por su espalda. Como el criado no había podido ver ni escuchar nada, fue incapaz de entender por qué su señor estaba mirando hacia atrás, con una expresión enloquecida y, sin venir a cuento, se liaba a descargar el garrote en el aire; al mismo tiempo, que procuraba cerrar la puerta con la mano izquierda.

Desde aquel momento, el señor Rosser abandonó sus burlas o bromas, y se mostró tan aterrado como toda su familia y los servidores que aún seguían en la Casa Roja.

Aquella noche el matrimonio subió a su dormitorio, donde el señor Rosser se cuidó de leer algunos versículos de la Biblia y, cosa extraña en él, hasta rezó unas oraciones que recordaba de su niñez. Sin embargo, no pudo dormirse hasta las doce y cuarto. Precisamente, cuando empezaba a adormilarse, escucho unos ligeros golpes en la puerta entreabierta y, después, el deslizamiento de una mano por la pared empapelada del fondo.

Abandonó la cama dominado por el pánico, y se aproximó a la entrada chillando: "¿Quién es?" No recibió ningún tipo de respuesta que no fuera un sonido parecido al anterior: una mano deslizándose, pero en esta ocasión por la parte inferior de la puerta.

A la mañana siguiente, cuando todos se levantaron supieron que una de las criadas había descubierto, horrorizada, las marcas dejadas por una mano sobre el polvo de una mesa, en la que se habían desempaquetado diferentes bultos la tarde anterior. El señor Rosser fue a comprobar esas huellas y, a pesar de reconocer que eran el testimonio de la presencia de un fantasma, intentó restar importancia al asunto.

Poco más tarde, queriendo dejar claro que sabía actuar con la cabeza, ordenó que todos los ocupantes de la Cara Roja dejaran la huella de su mano derecha sobre la misma mesa. Como también dejó la de su propia mano, junto a la de su esposa, se pudo comprobar que ninguna coincidía con la primera. Además, por sus dimensiones respondía a la descripción proporcionada por la señora Rosser y la cocinera.

No había duda de que el propietario de esa mano derecha, quienquiera que pudiera ser, se hallaba en el interior del edificio. Esta certeza llenó de miedo a todos, hasta el punto de que la tensión ambiental creció a unas cotas indescriptibles.

Por este motivo, durante las noches siguientes la señora Rosser sufrió unas pesadillas cargadas de alucinaciones, en medio de las cuales brincaba fuera de la cama, pálida y al borde de un ataque epiléptico; sin embargo, luego de tomar un tranquilizante, era incapaz de poder contar esos sueños que tanto le habían atormentado. Y es que era como si la mente se le hubiera borrado por culpa del inmenso terror. Los médicos a los que se pidió consejo, diagnosticaron que las pesadillas respondían a una enfermedad de carácter más físico que mental.

Cierta noche, nada más entrar en el dormitorio matrimonial, el señor Rosser se sintió impresionado ante el silencio tan absoluto que pesaba allí mismo. Siempre había gozado de un oído bastante sensible y, sin embargo, no podía escuchar la respiración de su esposa, que se había metido en la cama una hora antes y ya debía estar dormida.

Sobre una mesita una vela encendida iluminaba parcialmente la cabecera de una cama provista de dosel, cuyas cortinas permanecían desplazadas, como era habitual. Como el señor Rosser había estado repasando unas cuentas, llevaba en las manos el pesado libro de contabilidad. Se notaba muy impresionado cuando llegó junto al lecho, para descorrer aún más las cortinas. Durante unos momentos creyó que su esposa estaba muerta, ya que se encontraba tumbaba boca arriba, muy quieta, con los ojos abiertos y fijos en el techo y la frente cubierta con una gran cantidad de gotitas de sudor...

Y sobre la almohada, cerca de la cabeza femenina, había algo extraño, que al principio el señor Rosser confundió con un sapo amarillento; sin embargo, pronto cayó en la cuenta de que era la mano blanquecina y macilenta, cuya muñeca estaba apoyada en la sábana, mientras los dedos avanzaban hasta la sien de la señora Rosser.

Al sentirse dominado por un inmenso terror, el señor Rosser lanzó el pesado libro, con todas sus fuerzas, hacia donde creía que debía esconderse el dueño de esa mano. Pero no llegó a alcanzarle. Luego, pudo ver cómo la mano se retiraba muy despacio, a la vez que las cortinas se ondulaban ligeramente.

El señor Rosser corrió hasta el otro extremo del lecho, con lo que pudo observar cómo era cerrada la puerta de la habitación próxima, tras la cual había un gabinete. No dudó en abrirla, para entrar allí llevando la lámpara. No encontró a nadie.

Después de registrarlo todo, cerró la puerta con llave y echó el cerrojo de seguridad. Seguidamente, llamó a la servidumbre. Entre todos lograron, no sin realizar un gran esfuerzo, que la señora Rosser superara su desmayo. La infeliz había sufrido una crisis nerviosa.

Lo que provocó que los Rosser salieran definitivamente de la Casa Roja fue la misteriosa dolencia que atacó a su hijo, que sólo tenía dos años y medio de edad. El niño parecía incapacitado para dormir, ya que se pasaba las horas enteras llorando por culpa de un terror indescriptible. El médico diagnosticó que padecía un comienzo de hidroencefalitis. Por lo que su madre jamás se separaba de la cuna, ahogada por el temor a perderlo. Allí se pasaba los días enteros, en compañía de su doncella de más confianza.

La cunita del niño había sido pegada a la pared, con la cabecera unida a una alacena. Debido a que la puerta de ésta no cerraba muy bien, se colocó una blanca cortina para proteger al enfermito.

Poco tardaron las dos mujeres en comprobar que el niño se tranquilizaba casi por completo en el momento que le cogían en brazos. No obstante, cuando se había dormido, si le devolvían a la cuna, a los pocos minutos comenzaba a llorar igual que si le estuvieran matando. Finalmente, descubrieron lo que consideraron la causa de todos los males.

Llenas de terror pudieron ver como, luego de salir de la puerta entreabierta de la alacena, la misma mano blanca y macilenta se deslizaba por el baldaquín de la cuna, dejando la palma hacia abajo. En un descenso que fue a detenerse en el momento que los dedos tocaron la cabecita del niño. Entonces, la madre dio un salto desesperado, para coger a su hijo entre los brazos y, llevando detrás a la doncella, escapó hasta el dormitorio donde se encontraba su marido. Nada más que cerraron la puerta, pudieron escuchar el golpeteo exigente de esa maldita mano que no cesaba de llamar.

A la mañana siguiente fue cuando los Rosser dejaron la Casa Roja para siempre.

Pasados muchos años, un personaje que se hacía llamar señor Rosser, que ya era un anciano de seria presencia y fácil de palabra, contó a todo el que quiso oírle que hacía tiempo vivió un primo suyo, de nombre James Rosser. Al parecer éste había ocupado durante una larga temporada el dormitorio de una enorme casa, cuyo tejado era rojo, a la que las gentes atribuían la condición de embrujada, por lo que terminó siendo derribada.

James Rosser había venido sufriendo a lo largo de su vida, siempre que se hallaba enfermo, cansado o sufría una pequeña fiebre, unas inquietantes pesadillas: la aparición de un hombre gordo y muy pálido. Esta visión le venía acompañando desde la infancia, y resultaba tan similar, que llegó a poder reconocer aquella figura y aquel rostro, tan sensual dentro de sus rasgos enfermizos, junto a los rizos de una peluca empolvada y los bordados de un traje oscuro, más que al mismo retrato de su abuelo, el cual presidía todas las comidas de la casa, ya que se encontraba colgado en la pared central del comedor.

El señor Rosser se cuidaba siempre de destacar que esta historia ofrecía las mayores evidencias de ser real, debido a su reiteración, tan exacta y constante. Y siempre la concluía, llamando a su primo "mi infeliz Jimmy", pues estimaba que lo más horrible de su figura debía localizarse en el hecho de que se le hubiera amputado la mano derecha.

EL BURGOMAESTRE EMBOTELLADO

Emile Erchmann y Alexandre Chatrian

Emile Erckmann (1822-1899) y Alexandre Chatrian (1826-1890) nacieron en Alsacia; sin embargo, no se conocieron hasta coincidir en Phalsbourg, donde el primero estudiaba para convertirse en un abogado, mientras el segundo estaba repitiendo curso. A pesar de que sus caracteres eran diametralmente opuestos, al ser uno un soñador mientras el otro prefería vivir al día, descubrieron que eran capaces de entenderse, sobre todo por la necesidad de realizar unos trabajos cada vez más perfectos.

Debido a que ven más cuatro ojos que dos, cayeron en la cuenta que la observación de cualquier fenómeno resultaba más nítida al confrontar las ideas sin complejos, abiertamente. Comenzaron a escribir como un pasatiempo y, desde su primera obra, les acompañó el éxito. Por eso continuaron juntos durante más de cuarenta años, algo que no resulta nada anormal en la literatura alemana, francesa o inglesa, donde los autores buscan más el resultado final que el "prurito" de la obra individual.

En el cuento que vas a leer a continuación, podrás observar como los autores saben construir una trama impresionante partiendo de un elemento clave: el vino. También sobre las ensoñaciones que éste produce. El final puede resultar algo cómico, debido al recurso utilizado; no obstante, como diría nuestro maestro: "¿acaso no viene bien reír luego de estar muchas horas temblando?"

Nunca he dejado de sentir una gran admiración, que podía llegar a considerar devoción, por el digno vino del Rhin. Me parece tan espumoso como el champaña, tan dulce al paladar como el burdeos y tan estimulante de la imaginación como los mejores caldos españoles, a la vez que aporta la nostalgia que se siente al beber un lacrima-cristi. Resumiendo, sobre todas las cosas permite soñar, con los ojos bien abiertos, para recorrer los extensos campos de la fantasía.

En 1846, hacia finales del otoño, tomé la decisión de viajar a Johannisberg. Como nunca he contado con grandes recursos económicos, tuve que conformarme con montar en mi humilde caballo, tan delgado que casi se le pueden contar los huesos, en cuyos costados colgué dos cántaros de latón, que por cierto encajaban a la perfección en sus espacios intercostales. Esto me forzó a tener que cubrir más etapas de las que había calculado.

¡Qué bella es siempre la vendimia! Debo reconocer que tengo la costumbre de llenar uno de los cántaros, mientras que el otro lo dejo vacío. Todo esto porque en el momento que abandono un viñedo, sé que me espera un segundo que resultará mucho mejor. Lo que siento de verdad es no haber podido compartir mi placer por el vino de Rhin con un auténtico especialista.

Una tarde, cuando la noche andaba muy cerca porque el sol acababa de desaparecer, a pesar de que en el horizonte se descubrían los últimos destellos sobre las amplias hojas de las vides, escuché los cascos de un caballo que venía al trote. Procuré dejar libre la parte derecha del sendero, ¡y me llevé la mayor sorpresa del mundo al reconocer a mi buen amigo Hippel, el cual, nada más verme, me saludó entusiasmado!

Me gustaría que hubieseis conocido antes a Hippel, con su amplia y carnosa nariz, sus labios que parecen haber nacido para recibir el mejor vino y su barriga de tres compartimentos. En aquel momento, se parecía al benigno Sileno yendo en busca del dios Baco. Nos dimos un abrazo llenos de alegría.

Hippel se había decidido a salir de viaje por una causa similar a la mía: reconocido catador de vinos, deseaba comprobar la calidad de los más reconocidos viñedos, con el fin de eliminar algunas dudas que andaban pendientes. Como entenderéis, seguimos juntos por el mismo camino.

Mi amigo se mostraba bastante entusiasmado, por eso se cuidó de organizar nuestro itinerario dentro de los viñedos de Rhingau. En unas convenientes paradas, nos deteníamos para echar unos tragos de nuestros cántaros y, luego, con el sabor del mejor vino en las gargantas no nos importaba deleitarnos con el silencio que nos rodeaba.

Recuerdo que ya había entrado la noche en el momento que nos paramos ante una posada no demasiado importante, que se encontraba en la pendiente de una colina. Descabalgamos y Hippel se asomó por una de las ventanas, precisamente la que se hallaba a ras de suelo. Me dijo que estaba viendo un habitación, en la que había una larga mesa, apoyada en la cual dormitaba una vieja, a la que observaba perfectamente porque tenía cerca una lámpara encendida.

-¡Ábranos, abuela! -ordenó mi amigo-. ¡Vamos, no nos haga esperar!

La mujer se sobresaltó, pero vino, al final, a la ventana, para juntar su rostro apergaminado sobre los cristales. Por cierto, la ventana se asemejaba a una de esas vidrieras flamencas en las que se combinan el ocre y el azul con gran habilidad.

En el momento que la anciana sibila nos echó un vistazo, compuso una sonrisa y fue a abrir la puerta.

-Pueden pasar, caballeros -nos invito con una voz rota-. Esperen aquí, que voy a despertar a mi hijo. Considerense en su casa.

-Necesitamos grano y paja para nuestras monturas y una cena abundante para dos hambrientos -pidió Hippel.

-De acuerdo -aceptó la vieja, para meterse luego en una estancia próxima.

Pronto escuchamos sus cortos pasos subiendo por una escalera de madera, que debía estar más carcomida que la utilizada por Jacob.

Nos quedamos unos minutos dentro de un salón de techo bajo, envuelto en un aire rancio. Hippel fue a cerrar la puerta de la cocina y, al momento, me anunció que había visto un montón de cuartos de tocinos colgados de una chimenea.

-Eso me anuncia que vamos a cenar bien -dijo acariciándose el vientre-. ¡Cómo lo necesitamos, amigo mío!

En seguida caímos en la cuenta de que las maderas retumbaban sobre nuestras cabezas. Poco más tarde, un joven fornido, que vestía sólo un pantalón, ya que llevaba el pecho al desnudo y los cabellos despeinados, abrió la puerta, cruzó delante de nosotros y salió de la posada sin decir ni una sola palabra.

Más nos tranquilizó el hecho de ver a la anciana echando la manteca en una sartén, que en seguida puso en el fuego.

Se nos sirvió la cena que necesitábamos: un buen jamón cocinado en compañía de dos botellas de vinos distintos: uno blanco y el otro tinto.

-¿De cual van a beber? -preguntó la vieja.

-Primero tendremos que probarlos antes de decidir -contestó Hippel, al mismo tiempo que tendía su vaso a la posadera, que le echó un poco de vino tinto.

Hizo lo mismo en mi vaso. Degustamos el caldo, que nos pareció áspero e intenso. Al final dejaba un sabor muy singular: ¡una mezcla de verbena y ciprés! Tomé varios vasos del tinto, con lo que me puse triste, lo que no le sucedió a mi amigo, ya que chasqueó la lengua muy complacido.

-¡Maravilloso! -exclamó-. ¡Maravilloso! ¿Puedo saber de dónde lo obtenéis, señora?

-Proviene de un viñedo nuestro, que se encuentra cerca de aquí -dijo la anciana, sonriendo misteriosamente.

-Magnífica cosecha -insistió Hippel, mientras llenaba su vaso de nuevo.

Tuve la sensación de estar bebiendo sangre.

-¿A qué se debe esa expresión tuya, Ludwing? -preguntó mi amigo-. ¿Te sucede algo malo?

-Veras... Es que me desagrada este vino tinto.

-Ya sabes, compañero, lo que se dice: "sobre gustos nunca disputes" -comentó Hippel, mientras dejaba vacía la botella, por lo que comenzó a dar golpes en la mesa-. ¡Quiero del mismo vino, sin otras mezclas, mi hermosa posadera! ¡Siempre he sabido elegir lo mejor! ¡Por todos los diablos! Este vino resucita a un muerto, es algo muy especial.

Le vi echarse hacia atrás sobre el respaldo de su asiento. Pero me pareció que su rostro se le desencajaba. Para animarme procuré vaciar en mi estómago lo que quedaba de la botella de vino blanco. Esto logró que recuperase el ánimo. Que mi amigo prefiriese el tinto lo consideré un error, aunque se le podía perdonar.

Estuvimos bebiendo, sin parar, hasta la una de la madrugada. Hippel dando cuenta del vino tinto, y yo del blanco. Sin mezclarlos.

¡Qué hora más extraordinaria es la una de la madrugada! Se abren los portones de la fantasía, la imaginación dibuja los mejores paisajes empleando los más ricos colores, donde se mueven las mariposas y las hadas de las aguas azules y tranquilas.

¡La sublime una! El instante que la divina música acaricia los oídos de los hombres imaginativos, soplando dentro de la armonía de los universos invisibles. Momento en el que corre el ratoncillo en busca del grano y la lechuza abre sus alas de amplios plumones para sobrevolar las cabezas de quienes saben soñar con los ojos abiertos.

-Es la una -recordé a mi amigo-. El mejor momento para ir a la cama, si pretendemos seguir el viaje a la mejor hora de la mañana.

Hippel se puso en pie sin poder sostenerse bien en la vertical.

Después, la anciana nos llevó a un dormitorio, en el que había dos lechos espaciosos y nos deseó que descansáramos bien.

Nos quitamos la ropa. Yo fui el último en meterse bajo el edredón, por eso me encargué de apagar la luz. Apenas había puesto la cabeza sobre la almohada, cuando escuché los ronquidos de mi amigo. Parecían provenir de la más dura tormenta. Como no me atreví a despertarle, eso supuso que me quedase en vela. Algo que me obligó a imaginar mil fantasías, como pueden ser los gnomos, los diablillos voladores, las brujas de Walpürgis y otras criaturas similares, todas las cuales parecían estar danzando sobre el techo que alcanzaban mis ojos. ¡Hermosas secuelas del vino blanco!

Terminé por abandonar la cama, prendí la mecha de la lámpara y, dejándome llevar por una repentina curiosidad, me aproximé al lecho de Hippel. Su rostro ofrecía el tono rojizo de un rubor encendido, tenía la boca muy abierta y sus orejas parecían sangrar. Me quedé allí un buen rato, observándole. Hubo un momento que me pareció que se agitaba como si intentara contar algo. Sentí el deseo de penetrar en su mente; sin embargo, los sueños suponen unos misterios insondables que, al igual que la muerte, ocultan sus secretos.

Lo mismo el rostro de mi amigo daba muestras de pánico, como de tristeza o de abatimiento. También se contraía, como si fuera a llorar.

Aquellas siempre bondadosas facciones, que yo creí formadas para la risa, presentaban todo el aspecto de estar soportando un gran sufrimiento.

¿Qué podía estar ocurriendo en las profundidades de su cerebro? Creí estar viendo algunos de sus temores aflorar a la superficie de la cara; sin embargo, ¿qué alimentaba esas intensas emociones? Súbitamente, Hippel se incorporó, sus ojos se abrieron y pude observar que sus pupilas estaban en blanco. Todo su rostro se convulsionó, en sus labios quedó retenido un alarido de terror y, después, se derrumbó en medio de una pesadilla que le atormentaba. Hasta escuché sus lamentos.

-¡Despierta, amigo mío! -supliqué a gritos y, como no se despertaba, le eché en el rostro el agua que contenía el jarro que había en la mesita.

Volvió a la realidad.

-¡Ah! -exclamó-. ¡Bendito sea Dios, era un mal sueño! Mi estimado Ludwing, cómo te agradezco que me hayas arrancado de ese tormento...

-De acuerdo, pero quiero que me confíes ahora mismo lo que soñabas.

-Lo haré, pero mañana... Necesito descansar... Tengo mucho sueño...

-No seas injusto, Hippel. Mañana ya no lo recordarás.

-¡Maldita sea! -protestó-. Me caigo de sueño... Me faltan las fuerzas... Por favor, déjame dormir... ¡Necesito descansar!

Yo no estaba dispuesto a permitírselo.

-Hippel, caerás en la misma pesadilla. Entonces no esperes que yo te vuelva a ayudar.

Mis palabras le obligaron a reaccionar inmediatamente.

-¡No quiero soñar eso! -chilló, al mismo tiempo que abandonaba la cama-. ¡De prisa, alcanzame las ropas y mi caballo, que me voy de aquí! ¡No hay duda de que la posada está embrujada! Pero tienes razón, Ludwing, el mismo Belcebú vive en esta habitación... ¡Vayámonos lo antes posible!

Le dejé que se vistiera. Sin embargo, en el momento que terminó, le cogí por un brazo.

-¿Por que debemos huir, Hippel? Son ahora las tres de la madrugada, la mejor hora para dormir.

Abrí la ventana, para que el aire fresco de la noche le ayudara a tranquilizarse. Esto sirvió para que se decidiera hablar, luego de apoyarse en el alféizar:

-Ayer estuvimos charlando sobre los celebrados viñedos de Rhingan. Yo nunca he estado en esa región, pero la conozco por referencias. Además, ese vino tinto que bebí ensombreció mis ideas. Lo más asombroso es que en mi pesadilla me vi convertido en el burgomaestre de Welche, que es un pueblo cercano a este lugar. Llegué a meterme con tanta fuerza en el personaje, que soy capaz de describirlo como si fuera yo mismo. Era un hombre de estatura mediana y de una corpulencia parecida a la mía. Vestía grandes faldones con botones dorados de cobre; también llevaba una hilera de botones a la largo de las piernas; pero éstos adquirían una forma piramidal. Se cubría la cabeza con un tricornio. Vaya, era un tipo de una seriedad exagerada, que tenía la mala costumbre de beber nada más que agua, adoraba el dinero y su único sueño era incrementar continuamente sus posesiones.

"Con el simple hecho de llevar las ropas del burgomaestre, me dominó su personalidad. Creo que me hubiese odiado a mí mismo, querido Ludwing, de haberme visto bajo esas formas. ¡Me había convertido en un estúpido burgomaestre! ¿No es preferible vivir en medio de la diversión, riéndose de lo que ha de venir, antes que obsesionarse por ir amontonando escudos sobre escudos mientras se respira el veneno de la codicia? Vaya, la cosa es que no podía cambiar: yo era el burgomaestre.

"Nada más que salía de mi casa, mi primera preocupación era comprobar si los vendimiadores estaban trabajando en las viñas. A mi espalda había dejado un arcón lleno de monedas de oro, pero mi desayuno era un sólo mendrugo de pan. ¡Que miseria la de ese avaro! Ya sabes que mi costumbre es la de dar cuenta de unas costillas de cordero, bien regadas con una botella de vino. Bueno, sigamos con mi mal sueño... Como burgomaestre me guardé otro mendrugo de pan en el bolsillo; luego, ordené a la vieja criada que fregase mi dormitorio y tuviese lista la comida para las once: carne de cocido y patatas. ¡El menú de un miserable! Vaya, ya me he vuelto a ir del tema. Salí de la casa... Ahora soy capaz de describir el sendero de la colina, pues lo tengo delante con la mayor claridad...

"¿Cómo es posible que en unos sueños se vean las cosas con tanta nitidez para dar forma a un paisaje que jamás se ha contemplado anteriormente? Tenía delante de mí campos, jardines, prados y viñedos. Y me decía: esto pertenece a Pedro; aquello a Jaime; y lo que hay más allá a Enrique. Cuando me quedaba parado ante alguno de aquellos terrenos, no dudaba en comentar: "¡Diablos, los tréboles de Jacobo están creciendo muy altos!" Y al dar dos pasos: "Tengo que buscar la ocasión para comprar esta fanega de viñas tan productivas." Sin embargo, inesperadamente comenzó a entrarme un sopor, acompañado de un dolor de cabeza muy extraño. Aceleré el paso. En el momento que salió el sol, el calor se me hizo tan opresivo, que debí pararme. Había estado caminando por un sendero que serpenteaba en medio de las viñas, por la falda de la montaña. Al final del mismo se encontraban los restos de un viejo castillo, tras el cual se hallaban cuatro fanegas que eran mías. Nada más que me sentí recuperado, procuré llegar allí lo antes posible. Me notaba sudoroso y fatigado. Tuve que sentarme para respirar; al mismo tiempo, la sangre me golpeaba en los oídos y el corazón parecía estar a punto de escapar de mi pecho, se diría que era un martillo golpeando incesantemente sobre un yunque. El sol me amenazaba como una bola de fuego. Intente ponerme de pie; sin embargo, de pronto fui golpeado por una maza y me desplomé sobre un pedazo de la muralla... Entonces caí en la cuenta de que estaba sufriendo un ataque de apoplejía...

"Como me hallaba solo, la desesperación me llevó a pensar: "Voy a morir... El dinero que he amasado durante tantos años, los árboles que mis criados han cultivado, las casas que mandé edificar... ¡Todo quedará en las manos de mis herederos! Esos canallas, a los que en vida no los hubiese dado ni una moneda aunque me lo suplicaran de rodillas, se harán ricos... ¡Buitres, qué satisfechos os sentiréis al utilizar mis llaves, para abrir esos arcones donde he ido guardando mi dinero... Os lo repartiréis... Sin que yo pueda detener ese saqueo...! ¡Qué horrible suplicio imaginar que así será mi destino!"

"De pronto, me di cuenta de que mi alma abandonaba el cadáver, para quedarse de pie junto al mismo.

"El alma del burgomaestre pudo observar que el cuerpo tenía el rostro azulado y las manos amarillentas.

"Debido a que la temperatura se había elevado, con lo que el muerto no dejaba de sudar, llegaron cientos de moscas.

Muchas se posaron en su cara, y algunas entraron por los orificios de la nariz... ¡El cadáver ni se agitó! Todo el cuerpo se vio cubierto de insectos, sin que el alma pudiera hacer nada para espantarlos.

"Se encontraba allí mismo... Inmóvil... Y los minutos transcurrían como si fueran siglos... ¡Todo un infierno!

"Una hora más tarde el calor ya era insufrible. No llegaba ni la menor brisa, y todo el cielo ofrecía un azul intenso; mientras, el sol parecía ir a incendiar los secos matojos.

"Por detrás de los restos del castillo apareció una cabra, que estaba mordisqueando las hierbas. Al pasar junto a mi cuerpo, brincó como asustada; luego, se dio la vuelta, inquieta, olfateó el suelo y continuó su camino por las ruinas de un torreón. Entonces llegó un joven pastor, que andaba buscándola. Como avanzó para recogerla, al agacharse pudo ver el cadáver del burgomaestre, o el mío. Dio un chillido de espanto y corrió hasta el pueblo.

"Una hora más tarde, que se me hizo eterna, escuché el sonido de unas pasos, que venían del otro lado de las ruinas. Mi alma hizo intención de alejarse; pero no podía moverme... Vi llegar al juez de paz, al secretario y a otros muchos personajes. Los reconocí a todos, y sabía sus nombres. Al ver el cadáver exclamaron:

"-¡Si es el burgomaestre!

"El médico se inclinó sobre mi cuerpo a la vez que espantaba las moscas. Éstas formaron un enjambre, que se quedó zumbando a poca distancia. Mientras tanto, el galeno me cogió un brazo, muy tieso, y comentó con la mayor frialdad:

"-El diagnóstico es sencillo: la muerte ha sido causada por un ataque de apoplejía. Debe llevar aquí desde primeras horas de la mañana. Hemos de trasladarlo, para que sea enterrado lo antes posible, porque este calor acelerará la descomposición.

"-Seamos sinceros -dijo el secretario-, el pueblo no ha sufrido una gran pérdida. Era un estúpido avaro. Tenía muy pocas luces.

“-En efecto -añadió el juez, que parecía ser de esos que todo lo ven negro.

“-No ha de asombrarnos su conducta, porque los ignorantes se creen los más inteligentes.

“-Hemos de avisar a los porteadores -aconsejó el médico-. Este cadáver pesa mucho, porque el burgomaestre tenía más barriga que cabeza.

“-Empezaré a escribir el acta de defunción. ¿A qué hora establecemos la muerte? -preguntó el secretario.

“-Puedes poner que a las cuatro de la tarde, ya que eso carece de importancia.

“-El avaro marchaba a vigilar a sus obreros -intervino un campesino-, con la idea de tener un motivo para quitarles algún dinero al final de la semana.

“Acto seguido, cruzando los brazos, miró descaradamente al muerto y prosiguió:

“-¿Qué puedes hacer ahora, burgomaestre? ¿Cómo te sientes luego de haber abusado de la gente? La muerte nos trata a todos por igual.

“-Algo guarda en los bolsillos -comentó otro y, luego, sacó el mendrugo de pan-: ¡Esto iba a ser su desayuno!

“Todos los presentes se unieron en una carcajada.

“Sin dejar de hablar de la misma forma, el grupo humano empezó a caminar hasta el otro lado de los restos del castillo. Mi infeliz alma los estuvo escuchando durante unos minutos. Lentamente, el ruido fue alejándose, hasta que quedé en medio de la soledad y el silencio.

“Mientras tanto, las moscas volvían a millares para posarse en mi cadáver.

“Ahora me resulta imposible calcular el tiempo que pudo transcurrir, debido a que en los sueños resulta imposible medir el paso de los minutos.

“Diré que un rato más tarde aparecieron los porteadores. Nada más levantar el cuerpo del burgomaestre comenzaron a maldecir porque pesaba demasiado. Yo los seguí como el alma, luego descendí por el mismo camino que antes había subido. Sin embargo, en esta ocasión estaba viendo mi cuerpo siendo llevado en una camilla.

"Ante mi casa se encontraban infinidad de personas, entre las que reconocí a mis primos y a mis primas, y otros familiares que alcanzaban hasta la cuarta generación.

"La camilla fue dejada en el suelo empedrado y la gente se acercó para observarme.

"-No hay duda de que es él -afirmó uno.

"-Está muerto del todo -añadió otro.

"Mi criada también llegó allí y, luego de juntar las manos con un ademán patético, dijo:

"-¿Cómo podíamos suponer esta tragedia? Un hombre tan gordo y fuerte, de tan buena presencia. ¡Qué poco somos!

"Aquello sonó como una oración fúnebre.

"Fui llevado a una estancia muy grande, donde me dejaron sobre una cama de paja.

"En el momento que uno de mis primos extrajo las llaves que siempre he llevado en el mismo bolsillo, intenté protestar lleno de ira. Por desgracia las almas carecen de voz. Como ves, mi querido Ludwing, asistí al desvalijamiento de mi escritorio, a la apertura de mis arcones... ¡Todos esos buitres sólo se preocuparon de contar mi dinero, calcular lo que valían mis pagares y examinar los otros documentos! También mis servidores vaciaron los armarios, para repartirse mis ropas. Y a pesar de que la muerte debería haberme librado de toda forma de codicia, no pude aguantar el deseo de gemir por aquel saqueo.

"Por último, mi cuerpo fue desnudado, me pusieron una larga mortaja y me introdujeron entre cuatro tablones miserables. Estaba asistiendo a mi propio funeral.

"En el momento que me bajaron a la negra fosa, me sentí dominado por la angustia... ¿Todo había acabado! Entonces me desperté, Ludwing... ¡Aún creo estar escuchando la tierra cayendo encima de mi féretro!"

Hippel se quedó en silencio y me di cuenta de que su cuerpo estaba siendo sometido a una serie de escalofríos.

Nos quedamos allí, sentados y pensativos, sin necesidad de hablar. Poco más tarde, el canto del primer gallo nos indicó que la noche estaba agonizando, y las estrellas fueron desaparecieron del cielo ante la llegada del amanecer. Nuevos gallos lanzaban al aire sus cacareos, como si se contestaran entre ellos. Vi a un perro dejando su caseta para iniciar su primer paseo de la mañana; poco más tarde, una alondra gorjeó algunas notas de su cantar.

-Amigo mío, ha llegado el momento de partir -dije, separándome de la ventana.

-Tienes razón; sin embargo, debemos desayunar antes.

Bajamos al tosco comedor, donde vimos que el posadero se estaba poniendo sus últimas ropas. Luego de colocarse bien la camisa, nos dejó en la mesa los restos de la cena. Seguidamente, llenó mis cántaros: uno de vino tinto, y el otro de blanco. También examinó las herraduras de nuestros caballos. Le pagamos y salimos de viaje.

No debíamos encontranos a más de media legua de la posada, cuando mi amigo se echó al coleto un buen trago de vino tinto.

-Pero, ¿qué he hecho? -exclamó, asustado al mismo tiempo que hacía un gesto como si se estuviera cayendo-. ¡He recordado la pesadilla de anoche! ¡No quiero que vuelva!

Puso su montura al trote, como si pretendiera escapar de la visión, que se debía estar adueñando de su mente por las distintas expresiones de terror que componía. Le seguí a corta distancia, porque mi raquítico caballo no podía avanzar tan rápido como el suyo.

Cuando salió el sol, el horizonte se fue cubriendo de una coloración blanca y rosada, que vino a sustituir el negro azulado. Las estrellas terminaron por desvanecerse, lo mismo que una masa de perlas en las profundidades del océano.

Al recibir los rayos luminosos de la mañana. Hippel frenó a su caballo y me aguardó.

-¿Por qué han vuelto a mi cabeza esas trágicas imágenes? -me preguntó-. Pienso que este vino tinto debe causarme algún misterioso efecto. Es grato a mi paladar, pero aterroriza mi cabeza.

-Debes admitir que algunos licores alimentan la fantasía y, también, las alucinaciones, Hippel. Los dos hemos podido ver a personas que se ponían muy tristes al beber, cuando siempre habían sido alegres, mientras que otras que siempre habían pasado por inteligentes, se convertían en auténticos idiotas. Los efectos que causa el vino forman parte del misterio. ¿Quién sería el loco que se atreviera a poner en duda el poder asombroso del alcohol? ¿No llega a actuar como una fuerza superior, incomprensible, ante la cual a los hombres sólo nos queda agachar la cabeza mientras disfrutamos o sufrimos de su influencia?

Mi amigo se convenció de la fuerza de mis razonamientos; sin embargo, no dijo ni una sola palabra, acaso porque todavía le asustaban sus propios pensamientos.

Estábamos recorriendo un estrecho camino, que había sido trazado en las faldas de Queich. Las aves nos permitían escuchar sus gorjeos, alguna perdiz hacía sonar sus gritos guturales, sin dejar de ocultarse debajo de las grandes hojas de las vides. El lugar no podía ser más hermoso: un riachuelo susurraba cerca, aunque a lo lejos iba a hacerse muy sonoro al caer por una torrentera. A ambos lados la tierra se cubría de espléndidas cosechas.

Nos encontrábamos en la falda de una colina. De pronto, Hippel se detuvo, con la boca abierta y los brazos extendidos, debido a que algo le había dejado anonadado. Después, hizo que su caballo diera la vuelta con la intención de escapar de allí. Conseguí sujetar las riendas de su montura cuando pasó a mi lado, con tanta fuerza que le detuve.

-¡Suéltalas, Ludwing! -suplicó, muy angustiado-. ¡No quiero que vuelva la pesadilla!

-Tranquilízate, Hippel. Es posible que el vino tinto cause unos efectos malignos. Por eso es mejor que tomes un trago del blanco, para que te desaparezcan las ideas más sombrías.

Mi amigo bebió con ganas. Y pareció tranquilizarse, al menos le volvió el deseo de proseguir el camino.

Antes procuramos derramar todo el vino tinto, que se había vuelto tan negro como la pez. Vimos que formaba grandes burbujas antes de ser chupado por la tierra. Tuve la sensación de que mientras esto se producía, me llegaba una confusión de voces y gemidos, tan débiles que parecían venir de la lejanía, por eso apenas resultaban audibles, aunque sí los captaban mi corazón. Como si fueran los postreros suspiros de Abel, antes de que su hermano Caín le arrojase sobre la hierba para que la tierra se bebiera su sangre.

Creo que Hippel se hallaba demasiado emocionado para advertir este fenómeno, que a mí me impresionó enormemente. A la vez descubrí un pájaro negro saliendo de unos matojos, y no pude contener un grito de miedo.

-Tengo la sensación de que dos fuerzas opuestas libran un combate en el interior de mi cuerpo: lo negro y lo blanco, el origen del mal y el origen del bien. ¡Vámonos de aquí!

Seguimos el viaje.

-Ludwing, en esta vida suceden unos hechos tan misteriosos, que nuestra voluntad debe mostrarse humilde al aceptar los temblores. Tú sabes, como yo, que nunca he pasado por este lugar. Pues, bien, lo que anoche soñé ahora lo tengo delante de mí. Observa este escenario, pues es idéntico al que apareció en mi pesadilla. Allí delante se encuentran los restos del castillo, donde sufrí el ataque de apoplejía. Éste es el mismo camino que pisé; y allí debajo se ven mis cuatro fanegas de viñedos. Todos los árboles, los matorrales, el arroyo y lo demás corresponde a lo que pude ver con los ojos cerrados. Nada más que superemos esta cuesta, podremos contemplar el valle, donde se encuentra Welche. Pues el segundo edificio a la derecha perteneció al burgomaestre. Dispone de cinco ventanas en la zona superior de la fachada, y abajo hay cuatro más y la puerta principal. A la izquierda de mi casa, es decir, de la casa del muerto, encontraremos un hórreo y las caballerizas. En este lugar yo guardaba mis mejores monturas. Por la parte de atrás, en un patio no muy grande, se instaló un lagar debajo de una gran tienda. También hay allí dos rocines. Ya ves, querido amigo, aquí me tienes viniendo de entre los muertos. El infeliz burgomaestre te está observando con mis ojos, te comenta las cosas por medio de mi boca y, en el caso de olvidar que antes de convertirme en burgomaestre, tan rico y avaro, fui el vividor Hippel, enloquecería al no saber distinguir mi verdadera identidad. La verdad es que todo lo que me rodea me devuelve recuerdos de otra existencia.

En efecto, todo fue sucediendo como mi amigo lo había contado. Contemplamos el pueblo desde la distancia, al final de un espléndido valle, en medio de dos magníficos viñedos y las casas esparcidas en las orillas del rió. Precisamente la segunda a la derecha había pertenecido al burgomaestre.

Hippel reconoció a todos los hombres que nos fuimos encontrando, cuyos nombres pronunció en voz baja. Algunos de ellos le resultaron tan íntimos, que casi intentó llamarlos; sin embargo, prefirió mantenerse callado, porque le inquietaban otras cosas. Al mismo tiempo, al comprobar que éramos tratados como unos desconocidos, volvió a ser el Hippel de siempre.

Detuvimos los caballos delante de una posada, porque mi amigo dijo que era la mejor de la comarca, ya que la conocía desde hacía muchos años. En el momento que entramos en este lugar, se produjo otra sorpresa: la posadera había sido pretendida por el burgomaestre como segunda esposa.

A Hippel le dominó el deseo imperioso de llegar al lado de aquella mujer, ya que le afloraron unas ocultas pasiones. Pero, al final, supo contenerse. El auténtico catador de vinos luchaba tenazmente contra las influencias del difunto. Por eso se conformó con solicitar, muy educadamente, una buena comida y el mejor vino de la región.

En el momento que nos sentamos en la mesa, Hippel no pudo contener su curiosidad, ya que necesitaba saber lo que había sucedido después de su fallecimiento:

-¿Conocisteis al burgomaestre de Welche, señora?

-¿Os referís al que murió hace unos tres años por culpa de un ataque de apoplejía?

-El mismo -contestó mi compañero, sin dejar de mirar atentamente a la posadera.

-Claro que le conocí. Era un viejo avaro que pretendió hacerme su esposa. Si llego a saber que moriría tan pronto, le hubiera aceptado como marido.

Estas palabras confundieron bastante a Hippel, acaso porque el orgullo del burgomaestre se había sentido herido. Sin embargo, procuró disimular.

-Debo entender que nunca le amasteis.

-¿Cómo podía yo amar a un tipo tan horrible, repugnante y roñoso?

Entonces Hippel se puso de pie y se miró en un espejo cercano. Al contemplar su rostro rollizo, formó una sonrisa y volvió a sentarse. Mientras despedazaba un pollo asado, se atrevió a comentar:

-El burgomaestre podía ser un adefesio, pero no significa que yo lo sea.

-¿Acaso es usted pariente del difunto? -preguntó la posadera, bastante asombrada.

-No, si jamás tuve la suerte de conocerle. Quiero decir que hay hombres feos y guapos. Siempre he creído que mi nariz está colocada en un lugar correcto, como le sucedía a vuestro burgomaestre. Quizá nos pareciésemos.

-¡Qué va! No hay en usted ningún rasgo de la familia de ese personaje.

-Además a mí nunca se me ha podido considerar un avaro. Esto demuestra que tengo poco del burgomaestre. ¿Podéis traer dos botellas del mejor vino que guardéis en la bodega?

La mujer se alejó. Aproveché la ocasión para recomendar a Hippel que no se metiera en más líos, ya que podía provocar un auténtico escándalo.

-¿Has olvidado que siempre he sido el hombre más prudente, Ludwing? -me preguntó enfadado-. Soy tan burgomaestre como tú, como lo demuestran mis documentos, que siempre llevo en regla.

Me mostró su pasaporte. En aquel instante regresaba la posadera.

-Decidme, señora -preguntó-, ¿coinciden con vuestro burgomaestre los detalles personales que voy a mencionaros: frente mediana, ancha nariz, labios gruesos, estatura alta y pelo castaño?

-Pudiera ser, excepto que el muerto era calvo.

Hippel se acarició los cabello, a la vez que exclamaba:

-¡El burgomaestre era calvo, y nadie se atrevería a decir que yo lo sea!

La mujer compuso la misma expresión que si estuviera delante de un loco; no obstante, como Hippel pagó la cuenta, procuró no hacer ningún comentario. En el instante que ella había salido, mi amigo me dijo con cierta violencia:

-¡Vayámonos de aquí ahora mismo!

-Tranquilo. Antes desearía que me llevases al cementerio donde fue enterrado el burgomaestre.

-¡Nunca! -gritó-. ¿Es que pretendes arrojarme en las fauces del mismo diablo? ¡Verme ante mi propia tumba! Sería como ir en contra de todas las leyes de la naturaleza humana. ¿Acaso no lo comprendes, Ludwing?

-Sosiégate, Hippel. Ahora te encuentras dominado por una fuerza invisible. Te han atrapado con sus redes, que son tan transparentes que nadie puede contemplarlas. Debes esforzarte por escapar de ella. Te conviene devolver su alma al burgomaestre. Esto nada más que podrás hacerlo si llegas junto a su tumba. ¿Deseas seguir manteniendo secuestrada el alma de ese infeliz? Esto es peor que un robo. Te conozco lo suficiente para estar seguro de que nunca lo consentirás.

Unos razonamientos tan contundentes terminaron por convencerle.

-De acuerdo, me armaré de valor para encontrarme ante esos restos de los que yo cargo con la parte más pesada. Dios quiera que nunca se me impute un delito como el de apoderarme de un alma. Acompáñame, Ludwing, y te llevaré donde tanto me conviene.

Cuando nos pusimos de camino, pude advertir que sus pasos eran cada vez más rápidos. A pesar del mucho sol que caía sobre nosotros, se había quitado el sombrero. Sus cabellos estaban siendo agitados por un ligero viento y movía los brazos como queriendo darse impulsos, siempre con la idea de avanzar más de prisa.

Atravesamos un gran número de calles, para llegar al puente que llevaba al molino. Vimos la rueda gigantesca que espumeaba el agua. Por último, nos encontramos ante una pared muy alta, casi tapada por el musgo y las cremátides. Estábamos en el cementerio.

En uno de los extremos se había instalado el osario, y en el otro una casa circundada por un reducido jardín.

Hippel corrió hasta esta casa, en la que se encontraba el enterrador. En los muros había muchas coronas de siemprevivas. Encontramos al enterrador esculpiendo una cruz. Se hallaba tan absorto en su trabajo, que se sobresaltó al escuchar a Hippel; luego, se sobrecogió al verse observado con tanta atención.

-Señor, queremos visitar la tumba del burgomaestre -le dije.

-No necesitamos su ayuda -protestó Hippel-. ¡Yo sé dónde se encuentra!

Sin aguardar mi reacción, abrió la puerta del cementerio y se lanzó a correr demencialmente, saltando por encima de las lápidas, a la vez que chillaba:

-¡Ya nos encontramos donde querías... Es aquí...!

Estaba claro que se hallaba dominado por unas fuerzas malignas, ya que en su avance derribó una cruz blanca... ¡La cruz de la sepultura de un niño!

Mientras tanto, el enterrador y yo le seguíamos a mucha distancia.

El lugar resultaba enorme. Una gran cantidad de hierbas espesas cubrían los senderos con un manto verde oscuro. Cipreses gigantescos arrastraban sus cabelleras por la tierra; sin embargo, lo que más llamó mi atención fueron unas rejas que habían sido adosadas a una pared casi oculta por una espléndida parra, tan repleta de racimos de uvas, que se amontonaban unos sobre otros.

Sin dejar de avanzar comenté al enterrador.

-Esa parra debe proporcionaros una fuerte suma de dinero.

-Se equivoca, señor -dijo con un tono apesadumbrado-. Obtengo pocos beneficios de ella. Las gentes rechazan esas uvas, porque dicen que lo que proviene de la muerte siempre ha de ir a parar a los muertos.

Contemplé a ese hombre. Me pareció que sus ojos encerraban la mentira del hipócrita; además, pude percibir una media sonrisa satánica, que en seguida desapareció de su rostro. No le había creído.

Por fin nos hallamos ante la tumba del burgomaestre, que se encontraba cerca de la pared. Junto a la misma crecía una inmensa masa de viñas, repletas de unas uvas cuyo zumo era parecido al veneno que despiden las peores serpientes. Sus raíces debían hundirse hasta el fondo de las fosas mortuorias, por debajo de los féretros, intentando robar la tierra a los gusanos. Por otra parte, los racimos ofrecían un llamativo rojo violeta; mientras que las otras viñas daban unos frutos más blanquecinos, sin dejar de ser colorados.

Hippel se mostró más tranquilo al apoyarse en una de las vides.

-Estoy seguro de que usted jamás come de estas uvas -dije al enterrador-; sin embargo, no tiene ningún escrúpulo en venderlas.

Se puso muy pálido y movió la cabeza negando.

-Las convierte en vino tinto, que le compran en Welche. Podría darle el nombre de la posada donde se bebe esa caldo maligno -le acusé-. Se llama la Flor de Liz. ¿Se atreve a negarlo?

Aquel canalla se puso a temblar. Entonces, Hippel hizo intención de arrojarse a por el cuello del enterrador. Consiguió apresarlo, y hasta le derribó en el suelo. Creo que le hubiese estrangulado de no haber intervenido yo con todas mis fuerzas.

-¡Maldito, me has obligado a beber el alma del burgomaestre! ¡Con ese envenenado tinto que bebí he perdido mi propia identidad!

Sin embargo, de pronto, una idea muy brillante se encendió en su cerebro. Giró para mirar a la pared y, luego, comenzó a orinar con la mayor fuerza.

-¡Bendito sea Dios! -exclamo con la voz del bromista que siempre había sido y, después, se giró para hablarme-: ¡Acabo de devolver a la tierra el alma del burgomaestre! ¡Ya estoy libre de ese peso tan inmenso!

Pocas horas más tarde continuamos nuestro viaje. Mi buen amigo Hippel había recuperado todo su optimismo habitual.

ÍNDICE

Introducción 5

La sombra de la Guillotina - Washington Irving..................7

Al borde el infierno - Edgar Allan Poe 19

68 veces cobarde - Manuel Yáñez.. 45

Rel**atos de espectros** - Catherine Crowe 61

El crimen invisible - Catherine Crowe 66

Un engendro pequeño y blanco - Catherine Crowe 68

La torre encantada - "El Marqués de Sade" 73

Maese Pérez el organista - Guastavo Adolgo Bécquer 91

Las aventuras de Thibaud de la Jacquière - Charles Nodier 109

El valle del hombre muerto - Charles Nodier.....................121

El doctor Saúl Ascher - Heinrich Heine 139

La noche - Guy de Maupassant 147

Asedio a la Cara Roja - John Sheridan le Fanu 157

El burgomaestre embotellado - Emile Erchmann y Alexandre Chatrian 169